怪盗ジョーカー

解決！ 世界怪盗ゲームへようこそ!!

福島直浩／著　たかはしひでやす／原作

★小学館ジュニア文庫★

登《とう》場《じょう》人《じん》物《ぶつ》

ハチ

▲ジョーカーの助手《じょしゅ》。落《お》ちこぼれ忍者《にんじゃ》だったが、ジョーカーに出会《であ》い助手《じょしゅ》にしてもらった。料理《りょうり》をはじめ、家事全般《かじぜんぱん》が得意《とくい》。

ジョーカー

▲世界《せかい》を股《また》にかける"ミラクルメイカー"の異名《いみょう》を持《も》つ怪盗《かいとう》。宝《たから》を狙《ねら》う時《とき》には必《かなら》ず予告状《よこくじょう》を出《だ》すという美学《びがく》を持《も》つ一方《いっぽう》で、プライベートでは面倒《めんどう》くさがりや。猫《ねこ》が苦手《にがて》で、ホッシーを怖《こわ》がっている。

ホッシー

▲古代遺跡《こだいいせき》でジョーカーと出会《であ》い、一時《いちじ》、ジョーカーのペットとなった謎《なぞ》の生物《せいぶつ》。好物《こうぶつ》は金平糖《コンペイトー》とお宝《たから》。相棒《あいぼう》のフェニックスとともに故《こ》郷《きょう》の星《ほし》に帰《かえ》ったが…。

シャドウ・ジョーカー

◀ジョーカーにそっくりな謎《なぞ》の怪盗《かいとう》。

シルバーハート

▼ジョーカーたちの師匠《ししょう》。"銀《ぎん》の魔術師《まじゅつし》"と呼《よ》ばれる伝説《でんせつ》の怪盗《かいとう》。

ローズ

▶シャドウ・ジョーカーの妹《いもうと》。

黒崎《くろさき》ギンコ&
白井《しらい》モモ
▲▶鬼山警部《おにやまけいぶ》の有能《ゆうのう》な部下《ぶか》。ギンコは元《もと》・F1《エフワン》レーサー、モモは元《もと》・特殊部隊《しゅぶたい》SAT《サット》の隊員《たいいん》。
鬼山毒三郎《おにやまどくざぶろう》
▲警視庁怪盗対策本《けいしちょうかいとうたいさくほん》部長《ぶちょう》。ジョーカーを追《お》いつづけている。
クイーン
▶ジョーカーとともに修行《しゅぎょう》を積《つ》んだ女怪《おんなかい》盗《とう》。剣術《けんじゅつ》にたけている。
ドクターネオ
▶宇宙《うちゅう》に憧《あこが》れを持《も》つマッド・サイエンティスト。
ロコ
◀クイーンと一緒《いっしょ》に暮《く》らす怪盗犬《かいとうけん》。人間《にんげん》の言葉《ことば》が話《はな》せる。
ミスター金有《かねあり》&
コマンドー殺子《さつこ》
◀ゴールド・グループ代表《だいひょう》で大金持《おおがねも》ち。いつもジョーカーに宝《たから》を狙《ねら》われている。殺子《さつこ》はその妻《つま》で、ものすごいバトル能力《のうりょく》の持《も》ち主《ぬし》。
ダークアイ
▶スペードの忠実《ちゅうじつ》な助手《じょしゅ》。
不動仏滅《ふどうぶつめつ》
▲警視庁《けいしちょう》ナンバー1《ワン》の逮捕率《たいほりつ》を誇《ほこ》る凄腕警部《すごうでけいぶ》。鬼山《おにやま》の上司《じょうし》。この髪型《かみがた》にセットするのに3時間《じかん》もかかる。
スペード
▶ジョーカーやクイーンとともにシルバーハートのもとで修行《しゅぎょう》を積《つ》んだ怪盗《かいとう》。

もくじ

予《よ》告《こく》状《じょう》!!

『怪《かい》盗《とう》諸《しょ》君《くん》へ
ゲームの参《さん》加《か》者《しゃ》に、
次のターゲットをお送《おく》りします。
怪《かい》盗《とう》エリアンス　運《うん》営《えい》本《ほん》部《ぶ》』

1 怪盗《かいとう》エリアンス

きんと冷《ひ》え込《こ》む夜空《よぞら》を、一隻《いっせき》の飛行船《ひこうせん》が静《しず》かに進《すす》んでいた。

白《しろ》いボディには狼《おおかみ》の顔《かお》をあしらったペイントがほどこされており、青《あお》い文字《もじ》で『JO《ジョー》KER《カー》』と書《か》かれている。その飛行船《ひこうせん》こそ、かの〝怪盗《かいとう》ジョーカー〟の愛機《あいき》、スカイジョーカーだ。

そんなスカイジョーカーのテラスに、怪盗《かいとう》ジョーカーが颯爽《さっそう》と現《あらわ》れた。

真《ま》っ赤《か》なスーツのジャケットに、『J《ジェイ》』の文字《もじ》をかたどった金色《きんいろ》のバッジが光《ひか》っている。青《あお》いシャツに黄色《きいろ》いネクタイ、足元《あしもと》には高級《こうきゅう》なエナメルの靴《くつ》が光《ひか》り、背中《せなか》ではツヤのある紫色《むらさきいろ》のマントが夜風《よかぜ》にたなびいていた。

頭《あたま》の上《うえ》の青《あお》いシルクハットには市松《いちまつ》のオシャレな模様《もよう》がほどこされていて、跳《は》ね上《あ》がった銀髪《ぎんぱつ》の下《した》で真《ま》っ青《さお》な瞳《ひとみ》がキラリと輝《かがや》いている。大《おお》きな口《くち》を元気《げんき》よく広《ひろ》げると、伸《の》びやか

な声《こえ》がひびき渡《わた》る。

「さあ着《つ》いたぞ、ハチ！　ここが次《つぎ》のお宝《たから》のありかだ！」

「ハイッス、ジョーカーさん！」

ジョーカーのとなりで返事《へんじ》をしたのは助手《じょしゅ》のハチだ。鎖帷子《くさりかたびら》のうえから水色《みずいろ》の忍者装束《にんじゃしょうぞく》に身《み》を包《つつ》み、背中《せなか》には小《こ》ぶりの刀《かたな》を背負《せお》っていた。装束《しょうぞく》と同《おな》じ水色《みずいろ》の頭巾《ずきん》をかぶり、額《ひたい》には頑丈《がんじょう》そうな額《ひたい》当《あ》てが光《ひか》っている。まるい顔《かお》のなかで栗色《くりいろ》の瞳《ひとみ》が、こちらもキラキラと純《じゅん》粋《すい》そうな輝《かがや》きを放《はな》っている。

「でもジョーカーさん……、ここってどこっスか？」

「へへ～ん。それはこのヒントを解《と》けば簡単《かんたん》にわかるさ！」

そう言《い》って、ジョーカーは端末《たんまつ》の画面《がめん》をハチに向《む》けた。そこには、いくつもの線《せん》が書《か》かれていた。ハチは画面《がめん》をスクロールをしてみる。

変《か》わった形《かたち》を見《み》てハチは首《くび》をひねった。

「これがお宝《たから》の場所《ばしょ》を伝《つた》えてるんスか？」

「ああ、そうさ。数時間前《すうじかんまえ》に『怪盗《かいとう》エリアンス』から送《おく》られてきたんだ！」

「なるほど、じゃこれが『ターゲット』ってことっスね？」

ジョーカーの言《い》った『怪盗《かいとう》エリアンス』とは、ジョーカーがここのところハマっている怪盗専用《かいとうせんよう》のソーシャルゲームだった。

怪盗《かいとう》だけが参加《さんか》できるゲームアプリであり、世界中《せかいじゅう》のお宝《たから》を使《つか》ってポイントの獲得《かくとく》をめざす、点取《てんと》りゲームのようなものだ。怪盗《かいとう》エリアンスの運営者《うんえいしゃ》からは、数日《すうじつ》おきに『ターゲットのお宝《たから》』が送《おく》られてくる。そのターゲットのお宝《たから》をいただいた者《もの》が、お宝《たから》に応《おう》じてポイントが手《て》に入《はい》るのだ。ポイントは随時加算《ずいじかさん》されて集計《しゅうけい》され、DJ《ディージェイ》ピーコックが司会《しかい》を務《つと》める裏社会《うらしゃかい》ニュースで、ランキングが発表《はっぴょう》されている。そしてゲームの優勝者《ゆうしょうしゃ》には、

『世界《せかい》ナンバーワン怪盗《かいとう》』の称号《しょうごう》が贈《おく》られるのだ。

ゲームにはほかにも怪盗《かいとう》スペードなど、多《おお》くの怪盗《かいとう》が参加《さんか》している。

そのゲームで、ジョーカーは目下《もっか》2位《い》に甘《あま》んじていた。トップを走《はし》るのは、ジョーカーへのライバル心《しん》だけでゲームを始《はじ》めた怪盗《かいとう》シャドウ・ジョーカーだ。おそらく妹《いもうと》のローズと一緒《いっしょ》になってポイントを稼《かせ》いでいるのだろう。

ジョーカーにはそれが許《ゆる》せなかった。

どんな勝負《しょうぶ》であろうと、シャドウに負《ま》けるわけにはいかない……！

このところいつも以上《いじょう》に怪盗稼業《かいとうかぎょう》に熱《ねつ》が入《はい》っているのも、シャドウへのライバル心《しん》からだろうとハチは考《かんが》えていた。

「さあ、さすがにそろそろ、ヒントの答《こた》えもわかっただろ？」

ジョーカーはいたずらっぽくハチをのぞき込《こ》む。

「このヒントに書《か》かれたお宝《たから》のありかはど〜こだ？」

ハチは腕《うで》を組《く》んで、「う〜ん」と悩《なや》み始《はじ》める。

「へへ、やっぱりわからないみたいだな。正解《せいかい》は……」

とジョーカーが言《い》いかけたその時《とき》だった。

「『滝《たき》の裏《うら》』っス！」

ハチが叫《さけ》んだ。

「へ？」

ジョーカーは面食《めんく》らってハチを見下《みお》ろす。

「えへへ〜。ジョーカーさん、オイラがいつまでも半人前《はんにんまえ》だと思《おも》ってるんでしょ？　そうはいかないっス。これくらいの問題《もんだい》なら、オイラにも解《と》けるっスよ！」

と、ハチは得意気《とくいげ》に鼻《はな》を鳴《な》らして、メモ用紙《ようし》に書《か》きうつした先《さき》ほどの線形《せんけい》を見《み》せた。

「これを横《よこ》にして、裏《うら》から見《み》ると……」

と言《い》って紙《かみ》を裏返《うらがえ》すと、形《かたち》は文字《もじ》のように見《み》えた。**（※ページを透《す》かして、後《うし》ろから見《み》てみよう！）**

「ほら、『たき』って読《よ》めるっス。それを裏《うら》から見《み》るから、メッセージは『滝《たき》の裏《うら》』っス！」

「ご名答《めいとう》！　やるじゃねーか」

ジョーカーが褒《ほ》めると、ハチは得意気《とくいげ》に胸《むね》を反《そ》らせた。

「じつはここはアメリカとカナダの間《あいだ》なんだ。カナダで有名《ゆうめい》な滝《たき》って何《なに》か知《し》ってるよな？」

「もちろん！」

ハチはテラスから乗《の》り出《だ》して見下《みお》ろした。

そこには巨大《きょだい》な二《ふた》つの滝《たき》が美《うつく》しくライトアップされていた。

「ナイアガラの滝《たき》っス！」

スカイジョーカーの下《した》に広《ひろ》がっていたのは、観光地《かんこうち》としても有名《ゆうめい》なナイアガラの滝《たき》だった。ナイアガラの滝《たき》は、その名《な》と同《おな》じナイアガラ川《がわ》の途中《とちゅう》にあり、アメリカとカナダのちょうど国境付近《こっきょうふきん》に位置《いち》している。まるく馬蹄《ばてい》のような形《かたち》をしている大《おお》きな滝《たき》が『カナダ滝《たき》』、直線《ちょくせん》で小《ち》さめの滝《たき》が『アメリカ滝《たき》』だ。夜《よる》の闇《やみ》のなか、観光客用《かんこうきゃくよう》にライトアップされた姿《すがた》は、どこかデコレーションされたお菓子《かし》のようにも見《み》えた。

「あの滝《たき》のどちらかに、今回《こんかい》のお宝《たから》があるってことっスか？」

「ああ！　でも滝《たき》の裏側《うらがわ》に回《まわ》れるのはカナダ滝《たき》のほうだ。さっそく乗《の》り込《こ》むぞ！」

そう叫《さけ》ぶとジョーカーはぷうっと口《くち》からガムをふくらませて水色《みずいろ》の風船《ふうせん》を頭上《ずじょう》にかかげた。ジョーカーの体《からだ》がふわりと浮《う》かんで、夜空《よぞら》に上《のぼ》っていく。

ジョーカーが使《つか》ったのは、怪盗道具《かいとうどうぐ》の一《ひと》つ、『バルーンガム』だった。風船《ふうせん》ガムのようにふくらませることで、空気《くうき》よりも軽《かる》い気体《きたい》をその中《なか》に封《ふう》じ込《こ》めることができる。頭上《ずじょう》にかかげれば、即席《そくせき》の気球《ききゅう》のように空《そら》へ浮《う》かび上《あ》がることができるのだ。

さっそくハチも同様《どうよう》にバルーンガムをふくらませて、カナダの夜《よる》のなかへ飛《と》び立《た》っていく。空《そら》をふわふわと浮《う》かんでいるジョーカーに追《お》いついてたずねた。

「今回《こんかい》のお宝《たから》は何《なん》なんスか？」

「お宝《たから》は『いん石《せき》』さ！」

「いん石《せき》？」

「ああ、数日前《すうじつまえ》にカナダの湖《みずうみ》にいん石《せき》が落《お》ちた。なんでも不思議《ふしぎ》な『いん石《せき》』らしくて、光《ひかり》を帯《お》びて輝《かがや》いてるって話《はなし》だ。そのいん石《せき》をこっそりカナダの大金持《おおがねも》ちが買《か》い取《と》ったらしいんだ。んで、その隠《かく》し場所《ばしょ》がナイアガラの滝《たき》の裏《うら》にあるんだ！」

「いん石《せき》なんて、お宝《たから》になるんスか？」

「ったりまえだろ！　いん石《せき》には太古《たいこ》の宇宙《うちゅう》の秘密《ひみつ》が隠《かく》されてるんだぜ。地球《ちきゅう》の水《みず》はどこから来《き》たか、俺《おれ》たち人間《にんげん》がどうやって生《う》まれたか、そのルーツを解明《かいめい》するヒントが隠《かく》されてるかもしれないんだ！　すっげーロマンだろ！」

「そうなんスね！　秘密《ひみつ》の隠《かく》し場所《ばしょ》に、不思議《ふしぎ》ないん石《せき》……なんだかワクワクするっス！」

「だろ？　んじゃさっそく……」

とジョーカーが見下《みお》ろした先《さき》、カナダ滝《たき》の近《ちか》くの高台《たかだい》に煌々《こうこう》と灯《あか》りがともっているのが見《み》えた。その真《ま》ん中《なか》で、ずんぐりむっくりの男《おとこ》がこちらをにらみつける。

「あちゃ〜、もうお出迎《でむか》えか」

男《おとこ》は拡声器《かくせいき》を手《て》にして、夜空《よぞら》に向《む》かってがなり立《た》てた。

『ジョーカーッ！　激逮捕《げきたいほ》だ〜〜〜〜〜っ！』

男《おとこ》のダミ声《ごえ》が聞《き》こえたのをきっかけに、ジョーカーはくるりと向《む》きを変《か》えてスカイジョーカーへ戻《もど》っていく。

「ジョーカーさん、どこ行《い》くんスか⁉」

「とりあえず、めんどくせーのがいるから正面突破《しょうめんとっぱ》はナシだ。もう一《ひと》つ手《て》は考《かんが》えてある！」

そう言《い》うと、ジョーカーはニカッと笑《わら》った。

一方《いっぽう》、ジョーカーに『めんどくせーの』と評《ひょう》され、滝《たき》のとなりの高台《たかだい》で水《みず》しぶきを浴《あ》びながら叫《さけ》んでいたのは、モスグリーンの制服《せいふく》を着《き》た警察官《けいさつかん》だった。寂《さび》しくなった頭頂部《とうちょうぶ》の横《よこ》から、水《みず》に濡《ぬ》れた長髪《ちょうはつ》が流《なが》れ落《お》ち、顔《かお》のまわりにへばりついている。彼《かれ》こそは日本《にほん》の警《けい》視庁怪盗対策本部長《しちょうかいとうたいさくほんぶちょう》であり、国際怪盗対策機構《こくさいかいとうたいさくきこう》の、鬼山毒三郎警部《おにやまどくさぶろうけいぶ》だ。

鬼山《おにやま》の横《よこ》では、女性警官《じょせいけいかん》らしき二人《ふたり》の女性《じょせい》が、警部《けいぶ》の声《こえ》の大音量《だいおんりょう》に耳《みみ》を押《お》さえつつ、水《みず》しぶきを嫌《いや》そうに浴《あ》びている。

「ねえ警部《けいぶ》、ここから離《はな》れましょうよ！」

「風邪《かぜ》ひいちゃいますぅ～！」

眼鏡《めがね》をかけた紫《むらさき》の髪《かみ》の女性《じょせい》は黒崎《くろさき》ギンコ。対《たい》して金髪《きんぱつ》を短《みじか》くそろえた小柄《こがら》な女性《じょせい》は白井《しらい》モモだった。二人《ふたり》とも鬼山《おにやま》の部下《ぶか》だ。

「いいや！　情報《じょうほう》によると、ジョーカーはナイアガラの滝《たき》の裏《うら》から、いん石《せき》をいただくと言《い》っている。滝《たき》の裏《うら》へ向《む》かうのはこの観光《かんこう》ルートの通路《つうろ》を通《とお》るほかない！　つまりここで待《ま》っていれば、ジョーカーはやってくるということだ！」

鬼山《おにやま》は、上空《じょうくう》にぽっかりと浮《う》かんでいるスカイジョーカーを見上《みあ》げながら大声《おおごえ》で叫《さけ》んだ。

「警部《けいぶ》、なんかノリノリじゃない？」

「こないだ出世《しゅっせ》したからだろうな。見《み》ろよあのバッジ、水《みず》に濡《ぬ》れないようにカバーで包《つつ》んであるぞ」

モモとギンコがコソコソ話《はな》す。

ギンコの言《い》ったバッジとは、鬼山《おにやま》の胸《むね》に輝《かがや》く星形《ほしがた》のバッジのことだろう。どうやら出世《しゅっせ》の証《あかし》らしく、その金色《きんいろ》の輝《かがや》きを保《たも》つために、透明《とうめい》なカバーが取《と》り付《つ》けられている。鬼山《おにやま》はとても大切《たいせつ》にしているらしい。

金《きん》のバッジを見《み》せつけるかのように、いつも以上《いじょう》に胸《むね》を張《は》って鬼山《おにやま》はまた叫《さけ》んだ。

「さあ来《こ》い！　早《はや》く降《お》りてこい、ジョーカー！」

とその時《とき》、スカイジョーカーはゆっくりと上昇《じょうしょう》を始《はじ》めた。

「あれ？」

鬼山《おにやま》がぼう然《ぜん》と見《み》つめている間《あいだ》に、スカイジョーカーはみるみるスピードを上《あ》げて、夜《よる》の闇《やみ》に消《き》えていってしまった。

「……行《い》っちゃいましたね」

ギンコがあきらめたように乾《かわ》いた口調《くちょう》で言《い》うと、鬼山《おにやま》は大《おお》きな声《こえ》で叫《さけ》んだ。

「おーーい！　ジョーカーーー！　どうしたーー!?」

「あきらめたんですよ、きっと〜」

のんびりしたモモの言葉《ことば》に、鬼山《おにやま》は夜空《よぞら》をにらみつけたままつぶやく。

「いんや！　激違《げきちが》うぞ、モモちゃん！　ヤツはそんな簡単《かんたん》にお宝《たから》をあきらめる男《おとこ》じゃない。きっと何《なに》か別《べつ》の手《て》を使《つか》って忍《しの》び込《こ》む気《き》だ！　滝《たき》の裏《うら》で待《ま》ち伏《ぶ》せだ！」

そう言《い》って、鬼山《おにやま》は『ジャーニー・ビハインド・ザ・フォールズ』と書《か》かれた通路《つうろ》へ飛《と》び込《こ》んでいく。その通路《つうろ》は、滝《たき》を裏側《うらがわ》から見《み》るために造《つく》られた観光客用《かんこうきゃくよう》の道《みち》だった。

ギンコとモモは肩《かた》をすくめつつ、「はーい」と返事《へんじ》をそろえて、鬼山《おにやま》の後《あと》を追《お》いかけていった。


「もう一《ひと》つの手《て》って、これっスかあああああ！」

ハチの叫《さけ》び声《ごえ》は、言《い》ったそばからすさまじい水《みず》の音《おと》にかき消《け》されていく。叫《さけ》んでいる口《くち》にも、どんどん大量《たいりょう》の水《みず》が飛《と》び込《こ》んできた。

「え？　なにか言《い》ったか？　ハチ！」

ゴムボートの後《うし》ろからジョーカーが叫《さけ》んだが、互《たが》いの声《こえ》はほとんど届《とど》かない。

数分後《すうふんご》、二人《ふたり》はカナダ滝《たき》の上流《じょうりゅう》、ナイアガラ川《がわ》をゴムボートで下《くだ》っていたのだ。流《なが》れが少《すこ》しゆるやかになった合間《あいま》をぬって、ジョーカーが叫《さけ》ぶ。

「さあ、これで手《て》っ取《と》り早《ばや》く滝《たき》の裏側《うらがわ》に入《はい》るぞ！」

「その前《まえ》に溺《おぼ》れちゃうっスよ〜！」

ハチが目《め》を向《む》けると、もう滝《たき》は目前《もくぜん》だ。どんどんスピードが上《あ》がっていく。

「わあああああっ！」

「落《お》ち着《つ》けって。さあて、準備《じゅんび》するぞ！」

そう言《い》うとジョーカーはモゴモゴと口《くち》を動《うご》かして、ぷぅっと風船《ふうせん》ガムをふくらませ始《はじ》めた。先《さき》ほどの『バルーンガム』とは違《ちが》うピンク色《いろ》、こちらは『イメージガム』だった。

イメージガムもジョーカーの怪盗道具《かいとうどうぐ》の一《ひと》つで、ガムをかみながらイメージを伝《つた》えることで、その形《かたち》を自由自在《じゆうじざい》に変《か》えることができる。さらに応用《おうよう》すれば、大《おお》きな球体《きゅうたい》を作《つく》って中《なか》に入《はい》ることで、即席《そくせき》のシェルターを作《つく》ることもできるのだ。

巨大《きょだい》な滝《たき》つぼへ向《む》かって落《お》ちる直前《ちょくぜん》、ジョーカーはイメージガムをふくらませて、ハチと一緒《いっしょ》にガムのシェルターの中《なか》へ入《はい》り込《こ》んだ。丸《まる》くなったイメージガムは滝《たき》を落《お》ちながら、上下左右《じょうげさゆう》に動《うご》き回《まわ》って、もみくちゃにされる。

「うわわわわっ！」

「ひいいいいっ！」

だが、ジョーカーはその間《あいだ》にもガムの膜《まく》の向《む》こうに目《め》を配《くば》っていた。滝《たき》の裏《うら》に設置《せっち》された通路《つうろ》への入口《いりぐち》を探《さが》しているのだ。だが、水《みず》しぶきに邪魔《じゃま》されてなかなか見《み》つからない。

とその時《とき》、ジョーカーの視線《しせん》の先《さき》で何《なに》かが光《ひか》った。

通路《つうろ》の入口《いりぐち》で、鬼山《おにやま》、ギンコとモモが水《みず》しぶきに耐《た》えながらこちらを見《み》つめている。光《ひか》ったのは鬼山《おにやま》の胸《むね》に輝《かがや》くバッジだった。

「ナイス、鬼山警部《おにやまけいぶ》！」

ジョーカーは腕時計《うでどけい》を構《かま》えて、鬼山《おにやま》たちのいる通路《つうろ》に向《む》かってワイヤーを撃《う》った。

ワイヤーはガムの膜《まく》を突《つ》き破《やぶ》って、そのまま通路《つうろ》の少《すこ》し上《うえ》の壁《かべ》に突《つ》き刺《さ》さる。すさまじい水《みず》が上《うえ》から叩《たた》きつけるなか、ジョーカーが腕時計《うでどけい》のボタンを押《お》すとワイヤーが高速《こうそく》で巻《ま》き取《と》られ、ジョーカーとハチの体《からだ》はシュルルと通路《つうろ》に向《む》かって突《つ》き進《すす》んでいく。

「な、なんだ!?」

驚《おどろ》いたのは鬼山《おにやま》たちのほうだった。

なにしろ突然滝《とつぜんたき》の上《うえ》からピンク色《いろ》の球体《きゅうたい》が落《お》ちてきたかと思《おも》ったら、その中《なか》からジョーカーとハチが現《あらわ》れてこちらへ向《む》かって突《つ》っ込《こ》んできたのだ。

「わわわわわっ!?」

ジョーカーたちはそのまま鬼山《おにやま》に体当《たいあた》りして、通路《つうろ》に降《お》り立《た》つ。

「ぐきゅぅ〜」

と鬼山《おにやま》が伸《の》びた横《よこ》で、ジョーカーは親指《おやゆび》を立《た》てて微笑《ほほえ》んだ。

「鬼山警部《おにやまけいぶ》、おかげでいい目印《めじるし》になったぜ！」

「現《あらわ》れたね！　ジョーカー！」

「覚悟《かくご》しやがれ！」

モモとギンコが身構《みがま》えたその瞬間《しゅんかん》、ジョーカーはすかさず背中《せなか》から細長《ほそなが》い筒《つつ》を取《と》り出《だ》した。そのまま筒《つつ》をカチャカチャと伸《の》ばして、その先端《せんたん》を滝《たき》に向《む》かって差《さ》し入《い》れる。

「くらえ！　即席《そくせき》の水鉄砲《みずでっぽう》！」

筒《つつ》の先《さき》に流《なが》れ込《こ》んだ滝《たき》の水《みず》が、反対側《はんたいがわ》からすさまじい勢《いきお》いで放出《ほうしゅつ》される。

「うわあああぁ！」

「きゃあああああ！」

水《みず》はギンコとモモを直撃《ちょくげき》して、後《うし》ろへ弾《はじ》き飛《と》ばした。

「ん？　ギンコちゃん！　モモちゃん！　……ぶふわぁ〜!!」

と立《た》ち上《あ》がった鬼山《おにやま》の顔面《がんめん》にも、ジョーカーの水鉄砲《みずでっぽう》が命中《めいちゅう》して一緒《いっしょ》に飛《と》ばされていく。

「へへ、水《みず》の力《ちから》をあなどっちゃいけないぜ！　それじゃごきげんよう！」

びしょびしょになって倒《たお》れている3人《にん》を尻目《しりめ》に、ジョーカーとハチは通路《つうろ》の奥《おく》へ駆《か》け出《だ》していった。

観光客用《かんこうきゃくよう》の暗《くら》い通路《つうろ》を走《はし》って、立入禁止《たちいりきんし》のエリアに入《はい》り込《こ》むと、ジョーカーは脇目《わきめ》もふらずにさらに通路《つうろ》の奥《おく》へ進《すす》んでいく。

やがてなんの変哲《へんてつ》もない行《い》き止《ど》まりで、ジョーカーは立《た》ち止《ど》まった。

「ジョーカーさん、先《さき》へ進《すす》めないっス！」

「いいや、お宝《たから》はこの先《さき》さ！」

そう言《い》うと、ジョーカーは壁《かべ》の小《ちい》さな隙間《すきま》にトランプのカードを差《さ》し込《こ》んだ。そのまま数歩《すうほ》さがって、マントで自分《じぶん》とハチの体《からだ》を包《つつ》み込《こ》む。直後《ちょくご》、ドカーーン！と大《おお》きな爆発《ばくはつ》音《おん》が聞《き》こえた。

ジョーカーのカードはさまざまな使《つか》いみちがある。今回《こんかい》のカードは爆弾《ばくだん》になっていたのだ。爆発《ばくはつ》のあとには、ぽっかりと大《おお》きな穴《あな》があいて、先《さき》は空洞《くうどう》になっていた。

「この空洞《くうどう》は空気《くうき》を逃《に》がす排気口《はいきこう》なんだ。ここを進《すす》めばお宝《たから》の部屋《へや》はすぐそこさ」

ジョーカーは空洞《くうどう》の中《なか》へ潜《もぐ》り込《こ》むと、暗《くら》いなかでカードにポッと火《ひ》をつける。それをたいまつのようにかかげて、あたりをゆっくりと見回《みまわ》した。

「一体《いったい》どうなってるんスか？」

「ここはナイアガラ川《がわ》の底《そこ》に造《つく》られた、秘密《ひみつ》の施設《しせつ》なんだ。いん石《せき》を買《か》った金持《かねも》ちが、裏《うら》ルートで手《て》に入《い》れたものを、こっそり隠《かく》しておく場所《ばしょ》ってこと。本当《ほんとう》はもっと川《かわ》の上流《じょうりゅう》に入口《いりぐち》があって、その施設《しせつ》の一番奥《いちばんおく》がちょうど滝《たき》の裏側《うらがわ》になってるから、こっちから入《はい》ったほうがお宝《たから》に近《ちか》いってわけさ」

ジョーカーとハチは静《しず》かに足《あし》を進《すす》めていく。まだ頭上《ずじょう》から水《みず》の音《おと》が聞《き》こえてくる。どうやらこの施設《しせつ》は本当《ほんとう》に川《かわ》のすぐ真下《ました》に造《つく》られているようだ。

「さあ着《つ》いたぞ」

ジョーカーとハチは、少《すこ》し広《ひろ》い部屋《へや》にたどり着《つ》いた。

そこはセラミックの壁《かべ》で覆《おお》われた無機質《むきしつ》な部屋《へや》だった。壁《かべ》にあるセンサーやカメラは侵《しん》入者《にゅうしゃ》をふせぐものだろう。ジョーカーは手早《てばや》くカメラやセンサーをカードで壊《こわ》すと、部屋《へや》の真《ま》ん中《なか》に置《お》かれているガラスケースへ近《ちか》づいた。

ガラスケースの中《なか》には、バスケットボール大《だい》の石《いし》が収《おさ》められていた。ごつごつした黄緑《きみどり》色《いろ》の表面《ひょうめん》に、キラキラした石英《せきえい》のような結晶《けっしょう》がまぶされていて、角度《かくど》によって違《ちが》う輝《かがや》きを見《み》せ表情《ひょうじょう》を変《か》える。どうやら自《みず》からも光《ひかり》を放《はな》っているようで、不思議《ふしぎ》な美《うつく》しいいん石《せき》だった。

「わぁ、キレイっスね～！」

「さてこいつをいただいて帰《かえ》るんだけど……だいぶ丈夫《じょうぶ》なケースみたいだな」

ジョーカーはコンコンとガラスケースを叩《たた》いた。

「そのとおりだ～！」

ジョーカーたちの背後《はいご》から声《こえ》が聞《き》こえた。

見《み》ると、ジョーカーたちがやってきた通路《つうろ》の入口《いりぐち》に鬼山《おにやま》が立《た》っていた。ギンコとモモがその後《うし》ろで身構《みがま》えている。

一方《いっぽう》で反対側《はんたいがわ》の入口《いりぐち》にも警備員《けいびいん》たちが大挙《たいきょ》して押《お》し寄《よ》せていた。どうやら大金持《おおがねも》ちは警《けい》備員《びいん》を増《ふ》やしていたらしい。本当《ほんとう》の入口方面《いりぐちほうめん》を見張《みは》っていた警備員《けいびいん》たちが、あわててやってきたのだ。

「その強化《きょうか》ガラスのケースは、簡単《かんたん》には破《やぶ》れまい！　ジョーカー、お前《まえ》は袋《ふくろ》のネズミだ！　国際怪盗対策機構《こくさいかいとうたいさくきこう》、特別本隊長《とくべつほんたいちょう》のワシが、ここで激逮捕《げきたいほ》してやる！」

鬼山《おにやま》は懐《ふところ》から縄《なわ》がついた手錠《てじょう》を取《と》り出《だ》して、ジョーカーへ向《む》けて構《かま》えた。

「特別本隊長《とくべつほんたいちょう》？」

「鬼山警部《おにやまけいぶ》、出世《しゅっせ》したんスか⁉」

すると鬼山《おにやま》は胸《むね》に輝《かがや》くバッジを、誇《ほこ》らしげにかかげた。

「ムハハ、そのとおりだ！　ワシの類《たぐい》まれな功績《こうせき》をたたえられ、特別本隊長《とくべつほんたいちょう》へ出世《しゅっせ》したのだ！　このバッジの輝《かがや》きにかけて、ワシはお前《まえ》を激逃《げきに》がさない〜！」

が、ジョーカーは涼《すず》しい顔《かお》のまま答《こた》える。

「へへ〜、そううまくいくかな？」

と言《い》ってジョーカーはカードを取《と》り出《だ》した。

「ど、どうするんスか、ジョーカーさん？」

「ハチ、さっきの水鉄砲《みずでっぽう》見《み》てたよな？　『水《みず》の力《ちから》はあなどれない』って」

「へ？」

「じつは滝《たき》ってのは、水《みず》の力《ちから》でだんだん削《けず》れていくんだ。ナイアガラの滝《たき》だって、補修《ほしゅう》するまでは少《すこ》しずつ上流《じょうりゅう》に削《けず》られてたらしいぜ」

「そ、それがどう関係《かんけい》してるんスか？」

するとジョーカーは上《うえ》に向《む》かってカードを投《な》げた。カードは天井《てんじょう》に突《つ》き刺《さ》さった直後《ちょくご》、くるくると回《まわ》って、まるでドリルのように上《うえ》へ岩《いわ》を掘《ほ》り進《すす》んでいった。

鬼山《おにやま》が驚《おどろ》いて叫《さけ》ぶ。

「な、なんだ⁉」

「ここから川《かわ》の底《そこ》に向《む》かって、細《ほそ》い穴《あな》をあけてるのさ。そうするとどうなるかな？」

ジョーカーがニヤッと笑《わら》ったその時《とき》、頭上《ずじょう》からゴゴゴと大《おお》きな音《おと》が聞《き》こえてきた。何《なに》かがものすごいスピードで進《すす》んでくるようだ。

「なんの音《おと》っスか……？」

ハチがおびえてつぶやく。

「『ウォーターカッター』っていう道具《どうぐ》があるんだ。水《みず》を極限《きょくげん》まで細《ほそ》く噴射《ふんしゃ》して、その力《ちから》で硬《かた》いものを切《き》る道具《どうぐ》で、ダイヤモンドだって切《き》れるんだぜ。だから水《みず》の力《ちから》でガラスを切《き》るくらい、簡単《かんたん》だろ？」

「え……？」

その時《とき》、先《さき》ほどの天井《てんじょう》の細《ほそ》い穴《あな》から、すさまじい勢《いきお》いで水《みず》が噴《ふ》き出《だ》した。まるでするどい針《はり》のように、水《みず》はそのまま、いん石《せき》が入《はい》った強化《きょうか》ガラスのケースに突《つ》き刺《さ》さった。

「なにぃっ！」

鬼山《おにやま》が声《こえ》を発《はっ》した直後《ちょくご》、ケースが乾《かわ》いた音《おと》をたてて砕《くだ》け散《ち》った。粉々《こなごな》に割《わ》れたガラスのケースの中《なか》に大量《たいりょう》の水《みず》が入《はい》り込《こ》み、いん石《せき》を押《お》し流《なが》していく。ジョーカーは水《みず》に流《なが》されたいん石《せき》を拾《ひろ》い上《あ》げた。

「いただきっ！」

「なっ……!?」

その間《あいだ》にも、大量《たいりょう》の水《みず》が部屋《へや》の中《なか》にどんどんたまっていく。ジョーカーはいん石《せき》を小脇《こわき》にかかえたまま、ハチと一緒《いっしょ》にバルーンガムで素早《すばや》く浮《う》かび上《あ》がる。

「これで怪盗《かいとう》エリアンスのポイントもいただきだ！　おっと、忘《わす》れてた。こいつを置《お》いていかないと！」

と、ジョーカーは懐《ふところ》から見慣《みな》れない小《ちい》さな金貨《きんか》を取《と》り出《だ》すと、壁《かべ》の出《で》っ張《ぱ》りにそっと置《お》いた。

金貨《きんか》には怪盗《かいとう》エリアンスの〝5つ星《ぼし》のマーク〟が描《えが》かれている。

それは怪盗《かいとう》エリアンスの運営者《うんえいしゃ》から配《くば》られている金貨《きんか》だった。お宝《たから》と引《ひ》き換《か》えに金貨《きんか》を置《お》いていくことで、ターゲットのお宝《たから》をいただいた証《あかし》となる。つまり、金貨《きんか》を置《お》いていかなければポイントは獲得《かくとく》できないのだ。

無事《ぶじ》に金貨《きんか》を置《お》くと、ジョーカーは鬼山《おにやま》を見下《みお》ろした。

「さて鬼山警部《おにやまけいぶ》、早《はや》く逃《に》げないと部屋《へや》が水《みず》でいっぱいになっちゃうぜ？」

「なぬ？」

見《み》ると、たしかに鬼山《おにやま》たちの体《からだ》は、すでに水《みず》に浸《つ》かり始《はじ》めていた。

「わわっ！　げ、激逃《げきに》げろ――！」

「うわあぁっ！」

「溺《おぼ》れちゃう〜！」

鬼山《おにやま》たち3人《にん》と警備員《けいびいん》たちは、あわてて通路《つうろ》から逃《に》げ出《だ》していく。

「ハッハッハ！　ごきげんよう〜！」

ジョーカーは得意気《とくいげ》に笑《わら》ったが、となりでハチがぼそっとつぶやいた。

「でもジョーカーさん、溺《おぼ》れちゃうのはオイラたちも同《おな》じっスよ……」

「へ？」

ジョーカーが見回《みまわ》すと、たしかに部屋《へや》はどんどん水《みず》で満《み》たされてきている。天井《てんじょう》からはいまだすさまじい勢《いきお》いで、川《かわ》の水《みず》が流《なが》れ込《こ》んできているのだ。このままではジョーカーたちも水《みず》の中《なか》に沈《しず》んでしまうだろう。

「みたいだな。んじゃ、川《かわ》の流《なが》れを変《か》えちまうか？」

「川《かわ》の流《なが》れを？」

「ここで大《おお》きな爆発《ばくはつ》を起《お》こせば、もっともっとたくさん水《みず》が入《はい》り込《こ》んで、滝《たき》の外《そと》までオレたちごと噴《ふ》き出《だ》してくれるはずだ」

「え？　でもそれって……」

「そう。いったん溺《おぼ》れるってことさ！」

と言《い》うやいなや、ジョーカーは天井《てんじょう》や壁《かべ》に次々《つぎつぎ》にカードを放《はな》った。ハチがあわてて叫《さけ》ぶ。

「ちょ、ちょっと待《ま》ってください、ジョーカーさん！」

「悩《なや》んでる時間《じかん》はないぜ、ハチ」

その直後《ちょくご》、カードが次々《つぎつぎ》に爆発《ばくはつ》した。天井《てんじょう》や壁《かべ》に大《おお》きな穴《あな》があいて、さらに大量《たいりょう》の水《みず》がものすごい勢《いきお》いで、部屋《へや》の中《なか》へ注《そそ》ぎ込《こ》んでくる。

「うわあああああ……ごぼぼぼぼ……！」

ハチが叫《さけ》んだ声《こえ》は発《はっ》されることなく、押《お》し寄《よ》せる水《みず》の中《なか》に消《き》えていった――。

2 彼方《かなた》からの再会《さいかい》

数十分後《すうじっぷんご》、熱《あつ》いお風呂《ふろ》から上《あ》がったジョーカーは、スカイジョーカーのリビングでゆったりとくつろいでいた。

そのとなりでハチが、マグカップに入《はい》った特製《とくせい》のハチミツを垂《た》らしたしょうが湯《ゆ》を手渡《てわた》す。ジョーカーはふーふーと何度《なんど》も息《いき》を吹《ふ》きかけながら、マグカップからしょうが湯《ゆ》をのどに流《なが》し入《い》れた。

体《からだ》の芯《しん》からあったまってくる。

「あー、けっこうヒヤヒヤしたな！」

「ヒヤヒヤどころじゃないっスよ！　なんとか滝《たき》の裏《うら》から出《で》られたからよかったたっスけど……。おかげで滝《たき》の形《かたち》が変《か》わっちゃったんスよ！」

ジョーカーとハチが滝《たき》の裏《うら》から水《みず》ごと押《お》し出《だ》されたあと、爆発《ばくはつ》で水《みず》が施設《しせつ》に流《なが》れ込《こ》んだのか、カナダ滝《たき》の馬蹄形《ばていけい》がさらにへっこんでしまったのだ。

「大丈夫《だいじょうぶ》、ちょっとくらいわからねーよ。それに大金持《おおがねも》ちの隠《かく》し場所《ばしょ》だぜ？　あのままにしておくわけないだろう？」

他人事《ひとごと》のようにジョーカーはカカカと笑《わら》った。

「まったくもう〜」

「それよりも！」

とジョーカーは叫《さけ》ぶと、目《め》の前《まえ》でキラキラと輝《かがや》くいん石《せき》を、満足《まんぞく》そうに見《み》つめた。

「へへへ〜、これでランキングの1位《い》はいただいたな！」

「ジョーカーさん、そろそろ裏社会《うらしゃかい》ニュースが始《はじ》まるっス！」

ハチはリモコンを操作《そうさ》してテレビをつける。

画面《がめん》にド派手《はで》な格好《かっこう》をしたＤＪ《ディージェイ》ピーコックの笑顔《えがお》がドアップで映《うつ》った。

『こんばんは〜！　ＤＪ《ディージェイ》ピーコックで――す！　さあ今日《きょう》の裏社会《うらしゃかい》ニュース、さっそく取《と》り上《あ》げますのは、みなさんお待《ま》ちかねの怪盗《かいとう》エリアンス情報《じょうほう》だ！　〝世《せ》界《かい》ナンバーワン怪《かい》盗《とう》〟の称号《しょうごう》を手《て》にするのは誰《だれ》なのか――っ！』

「お、これこれ！」

ジョーカーはソファの背《せ》をぴょんと飛《と》び越《こ》えて、ハチのとなりにドカッと座《すわ》った。

『さてさて、さっそく動《うご》きがあったようだぞ！　先日発表《せんじつはっぴょう》されたミッションのなかから、お宝《たから》を見事《みごと》いただいた者《もの》が現《あらわ》れた！　その名《な》は……怪盗《かいとう》ジョーカー！』

「よしっ！」

ジョーカーはパチンと指《ゆび》を鳴《な》らして喜《よろこ》ぶ。

とその時《とき》だった。ジョーカーの声《こえ》に呼応《こおう》したように、カタッと何《なに》か音《おと》が聞《き》こえた。

「ん？」

ジョーカーはあたりを見回《みまわ》したが、何《なに》も変《か》わったところはない。

「どうしたんスか？　ジョーカーさん」

「いや……なにか音《おと》しなかった？」

「いいえ。聞《き》いてないっス」

「そっか、気《き》のせいかな……」

テレビではピーコックがほかの怪盗《かいとう》の獲得《かくとく》ポイントを話《はな》しつづけている。

とまた、その時《とき》だった。

〝……シ……〟

「ん？」

テレビの音《おと》に紛《まぎ》れて、ジョーカーの耳《みみ》に聞《き》き慣《な》れぬ音《おと》が入《はい》った。どうやら今度《こんど》は声《こえ》のようだった。あわててあたりを見《み》るが、もちろん誰《だれ》もいない。

「どうしたんスか？　ジョーカーさん」

ハチがまた同《おな》じようにたずねた。

「今《いま》、声《こえ》が聞《き》こえなかったか？」

「ちょっと……怖《こわ》いこと言《い》わないでくださいよっ」

ハチが震《ふる》えて、身《み》をかたまらせる。

「気《き》のせいかな……」

とジョーカーがまた視線《しせん》をテレビへ向《む》ける。だがまたもや、

〝……ホ……〟

「！」

ジョーカーはあわてて振《ふ》り返《かえ》った。

「いいや！　気《き》のせいじゃねー！　ぜったい誰《だれ》かいるぞ！」

「えええっ！」

ジョーカーは立《た》ち上《あ》がり、ゆっくりと音《おと》のした方《ほう》へ近《ちか》づいた。いん石《せき》を通《とお》りすぎて、台《だい》所《どころ》の方《ほう》へ進《すす》む。と、今度《こんど》は背後《はいご》から〝……シ……〟と音《おと》がした。

「なっ⁉」

ジョーカーは素早《すばや》く振《ふ》り返《かえ》る。

その目《め》の前《まえ》にあったのは、先《さき》ほどいただいてきたいん石《せき》だった。

「ひょっとして……」

ジョーカーは光輝《ひかりかがや》くいん石《せき》にゆっくりと近《ちか》づく。

「こいつから声《こえ》が……」

と上《うえ》からのぞき込《こ》んだその瞬間《しゅんかん》――バキッと音《おと》がして、いん石《せき》にヒビが入《はい》った。

「⁉」

直後《ちょくご》、いん石《せき》のてっぺんがパカッと開《ひら》き、何《なに》かが飛《と》び出《だ》した。飛《と》び出《だ》した何《なに》かはジョーカーの鼻先《はなさき》を直撃《ちょくげき》する。

「ぐはぁ〰〰〰っ！」

ジョーカーの鼻《はな》から脳天《のうてん》にかけて、つ～んと電気《でんき》のようなするどい痛《いた》みが走《はし》った。声《こえ》にならない悲鳴《ひめい》をあげて、ジョーカーはそのまま後《うし》ろへ倒《たお》れ込《こ》む。

いん石《せき》から飛《と》び出《だ》したバレーボール大《だい》の丸《まる》い物体《ぶったい》が、そのまま大《おお》きくジャンプして、空《くう》中《ちゅう》でくるりと回《まわ》る。

と思《おも》ったら、倒《たお》れたジョーカーの腹《はら》の上《うえ》にぴょこんと降《お》り立《た》った。

それを見《み》てハチは目《め》を丸《まる》くし、嬉《うれ》しそうに叫《さけ》んだ。

「わあ……、〝ホッシー〟！」

ハチの喜《よろこ》びあふれる声《こえ》に、黄緑色《きみどりいろ》の丸《まる》い物体《ぶったい》がくるりと振《ふ》り返《かえ》った。先《さき》っぽに星形《ほしがた》がついたしっぽをぷるんと振《ふ》って、はじけるような笑顔《えがお》をこぼす。

そして可愛《かわい》らしい声《こえ》で叫《さけ》んだ。

「ホッシー!!」

「うんとたくさん食《た》べるっスよ、ホッシー」

「ホッシー！」

ハチはニコニコして、袋《ふくろ》の中《なか》の金平糖《コンペイトー》をザーッとお皿《さら》に流《なが》した。

「いつかのためにとっておいたんスよ〜♪」

ホッシーと呼《よ》ばれた緑色《みどりいろ》の丸《まる》い生《い》き物《もの》は、嬉《うれ》しそうに金平糖《コンペイトー》にパクつく。口《くち》いっぱいに頬張《ほおば》って、ポリポリと音《おと》をたてて飲《の》み込《こ》んでいく。

「ホッシー！」

ホッシーは嬉《うれ》しそうに一声発《ひとこえはっ》した。

「なんでネコもどきがいるんだよ……！」

そのとなりでジョーカーは頬杖《ほおづえ》をつき、不満《ふまん》そうに座《すわ》っていた。その視線《しせん》はいぶかしげにホッシーに注《そそ》がれている。ジョーカーは、ホッシーのことがお気《き》に召《め》さないようだ。

「まあまあ。あ、ホッシーのしっぽに何《なに》かついてるっス」

と、ハチはホッシーのしっぽに結《むす》んであった白《しろ》いものをほどいた。それは細長《ほそなが》く折《お》った紙《かみ》だった。広《ひろ》げて見《み》ると、「これ、フェニックスさんからの手紙《てがみ》っス！」とハチは言《い》った。

「アクビ野郎《やろう》の？」

ジョーカーが『アクビ野郎《やろう》』と呼《よ》んだフェニックスは、ついこないだまでジョーカーたちと一緒《いっしょ》に怪盗勝負《かいとうしょうぶ》を繰《く》り広《ひろ》げていた少年《しょうねん》だった。

フェニックスは、はるか彼方《かなた》、南十字星《みなみじゅうじせい》の星《ほし》から来《き》た宇宙人《うちゅうじん》で、大昔《おおむかし》に宇宙船《うちゅうせん》の故障《こしょう》で地球《ちきゅう》に流《なが》れ着《つ》いた。何百年《なんびゃくねん》もの間《あいだ》、地球《ちきゅう》で暮《く》らしながら宇宙船《うちゅうせん》を探《さが》していたのだが、ジョーカーたちの手助《てだす》けにより宇宙船《うちゅうせん》を見《み》つけだし、無事故郷《ぶじこきょう》の星《ほし》へ帰《かえ》ることができたのだ。

そしてホッシーは、フェニックスの宇宙船《うちゅうせん》のナビゲーション兼《けん》ペットであり、フェニックスは『アクルックス』と呼《よ》んで可愛《かわい》がっていた。あるとき、ひょんなことから、しばらくジョーカーの家《いえ》で面倒《めんどう》を見《み》ていたのだ。

そのフェニックスがどうしてホッシーに手紙《てがみ》をつけて……？

ハチは声《こえ》に出《だ》してフェニックスの手紙《てがみ》を読《よ》んだ。

「えっと……『こんにちは、ジョーカーとハチくん。君《きみ》たちのおかげで、僕《ぼく》らは無事《ぶじ》に星《ほし》に戻《もど》ることができたよ。ありがとう。けど帰《かえ》ったら無性《むしょう》にハチくんのカレーが食《た》べたくなっちゃってさ。どうしようかな、って考《かんが》えたんだけどイイコトを思《おも》いついたんだ。さて問《もん》題《だい》、ボクはどうしたでしょう？』」

「また三択《さんたく》かよ……」

「ホントにフェニックスさんは、クイズ好《ず》きっスよね～」

フェニックスは三択《さんたく》クイズを出《だ》すのが大好《だいす》きなのだ。

ハチは手紙《てがみ》のつづきを読《よ》み進《すす》める。

「『1番《ばん》、カレーはガマンしてひとまず眠《ねむ》りにつく。2番《ばん》、なんとか頑張《がんば》って自分《じぶん》でカレーを作《つく》ってみる。3番《ばん》、アクルックスを地球《ちきゅう》に送《おく》って、ハチくんのカレーを出前《でまえ》する』」

「なっ……！」

ジョーカーは思《おも》わず言葉《ことば》を飲《の》んだ。

「『正解《せいかい》は言《い》わなくてもわかるよね♪　アクルックスの入《はい》っていたいん石型《せきがた》のケースは伸縮自在《しんしゅくじざい》でいくらでも大《おお》きくなるからさ。そこにハチくんのカレーをたっぷり入《い》れて、送《おく》り返《かえ》してよ。なるべく早《はや》くたのむよ。少《すく》なくとも3年以内《ねんいない》にね〜！』」

「おせーよっ！　カレーがくさっちまう！」

ジョーカーは思《おも》わず叫《さけ》んで顎《あご》を突《つ》き出《だ》し、手紙《てがみ》をにらみつける。

「ったく！　どこまで勝手《かって》なヤツだ！」

「……あ、裏《うら》に、もう少《すこ》し書《か》いてあったっス。なになに……『忘《わす》れてた。アクルックスはどうやら地球《ちきゅう》のお宝《たから》を気《き》に入《い》ったみたいでさ。ジョーカーが持《も》ってるお宝《たから》コレクションをまた食《た》べさせてあげてくれよ』」

「んだとぉぉぉっ!?　ふ・ざ・け・ん・な！」

ジョーカーはひときわ大《おお》きな声《こえ》をあげて、ハチから紙《かみ》を取《と》り上《あ》げ、ビリビリと破《やぶ》り捨《す》てた。そのままホッシーをギロリと振《ふ》り返《かえ》る。

「おい、ネコもどき！　もし勝手《かって》にお宝《たから》を食《た》べたりしたら承知《しょうち》しな――」

と、言《い》ったところでジョーカーの言葉《ことば》が止《と》まった。

なぜならホッシーが「ホシ？」と見上《みあ》げたその前足《まえあし》には、ジョーカーが先日苦労《せんじつくろう》してい
ただいてきたお宝《たから》――『銀《ぎん》の小熊像《こぐまぞう》』が握《にぎ》られていたからだ。ホッシーはたちまち、あー
んと大《おお》きく口《くち》をあけて、お宝《たから》を丸飲《まるの》みしてしまう。

「て、てめえ！　出《だ》せ～！　今《いま》すぐはき出《だ》せ～～～！」

ジョーカーはホッシーの体《からだ》をつかんで左右《さゆう》に引《ひ》っ張《ぱ》り上《あ》げる。ホッシーの体《からだ》はまるでゴ
ムのように伸《の》び縮《ちぢ》み自在《じざい》で、びよーんと伸《の》びても痛《いた》くもかゆくもないらしい。素知《そし》らぬ顔《かお》
でお宝《たから》をモグモグと食《た》べつづけている。

とその時《とき》、ホッシーが動《うご》きを止《と》め、「ホッ！」と目《め》を白《しろ》くさせた。

「あ、ジョーカーさん！　ホッシーがタマゴを産《う》むっス！」

「なにぃ！」

思《おも》わずジョーカーは手《て》を放《はな》すと、ホッシーは床《ゆか》に降《お》り立《た》った。

「ホ、ホ、ホ、ホ……ホッシー!!」

と大《おお》きく叫《さけ》んで高《たか》く飛《と》び上《あ》がると同時《どうじ》に、ポン！　とタマゴが産《う》み出《だ》される。星《ほし》の模様《もよう》がついた小《ちい》さなタマゴだった。

「わあ、久《ひさ》しぶりっスね～！」

「またかよ！　お宝《たから》の代《か》わりにくだらねーもの産《う》んだら承知《しょうち》しねーぞ！」

そう、ホッシーはお宝《たから》を食《た》べると、その直後《ちょくご》にタマゴを産《う》むのだ。そして、そのタマゴから出《で》てくるものは、いつかジョーカーたちにとって役立《やくだ》つものであることが多《おお》い。

星模様《ほしもよう》のタマゴがピシッと音《おと》を立《た》てて割《わ》れた。

「んんん？」

二人《ふたり》がのぞき込《こ》むと、タマゴの中身《なかみ》は小《ちい》さなUSB《ユーエスビー》メモリだった。

「USB《ユーエスビー》メモリ……？　何《なに》かデータが入《はい》ってるんスかね？」

「おおっ！　もしかして、怪盗《かいとう》エリアンスの次《つぎ》のお宝《たから》がわかるデータとか？」

とジョーカーは端末《たんまつ》に差《さ》し込《こ》んでみるが、何《なに》も表示《ひょうじ》されない。

「なんにも入《はい》ってないみたいっスね……」

「ぐぐ……空《から》っぽのUSB《ユーエスビー》メモリなんて出《だ》しやがって！　やっぱりくだらねーものじゃねえか！」

ジョーカーは怒《おこ》って、テーブルの上《うえ》から眺《なが》めていたホッシーを追《お》いかけ始《はじ》めた。

「うおおおお！　お宝《たから》は食《た》べちまうし、くだらねえものは出《だ》すし、ゆるさねーぞ、ネコもどき〜！」

「ホッシー♪」

ジョーカーとホッシーが追《お》いかけっこをしている横《よこ》で、ハチは「ジョーカーさん、ホッシーをいじめないでくださいよ〜！」と声《こえ》をかけ、ふうとため息《いき》をついた。

とその時《とき》、テレビからDJ《ディージェイ》ピーコックの声《こえ》が聞《き》こえてきた。

『それではいよいよ。怪盗《かいとう》エリアンス、今日《きょう》の最終順位《さいしゅうじゅんい》の発表《はっぴょう》だ！』

まだ裏社会《うらしゃかい》ニュースが放送《ほうそう》されていたのだ。DJ《ディージェイ》ピーコックのもとに、画面《がめん》の外《そと》から紙《かみ》が差《さ》し出《だ》される。

『……と、おっとここで速報《そくほう》が入《はい》ったぞ。なになに……こ、これは！　順位《じゅんい》に再《ふたた》び動《うご》きがありました！　これはハラハラドキドキ、刺激的《しげきてき》な展開《てんかい》です！　今日《きょう》の順位《じゅんい》で1位《い》になる予定《よてい》の怪盗《かいとう》ジョーカーでしたが、たった今《いま》、1位《い》が入《い》れ替《か》わりました〜〜〜！』

「な、なんだと！」

ジョーカーは、ホッシーをむんずとつかんで、あわててテレビに駆《か》け寄《よ》る。

「だ、誰《だれ》だ！　誰《だれ》が1位《い》になったんだ！」

『ジョーカーに代《か》わって1位《い》になったのは――』

その名《な》の人物《じんぶつ》が、お宝《たから》をめざして行動《こうどう》を起《お》こしたのは、今《いま》から1時間《じかん》ほど前《まえ》のことだった――。

3 王子《おうじ》と○×ゲーム

1時間《じかん》ほど前《まえ》、ちょうどジョーカーとハチがナイアガラの滝《たき》で絶叫《ぜっきょう》しているころ、中東《ちゅうとう》のとある国《くに》の灼熱《しゃくねつ》の砂漠《さばく》の高台《たかだい》に、一人《ひとり》の少年《しょうねん》と長身《ちょうしん》の女《おんな》が立《た》っていた。

「ダークアイ、暑《あつ》くないかい？」

少年《しょうねん》が傍《かたわ》らの女性《じょせい》を見上《みあ》げて思《おも》いやる。女性《じょせい》は全身《ぜんしん》をすっぽり真《ま》っ黒《くろ》な布《ぬの》で覆《おお》っており、顔《かお》の布《ぬの》の間《あいだ》から目《め》だけがのぞいていた。この地方《ちほう》の伝統《でんとう》で、女性《じょせい》は肌《はだ》を見《み》せてはならない。アバヤと呼《よ》ばれる黒《くろ》い布《ぬの》で体《からだ》を覆《おお》わなければならないのだ。

ダークアイと呼《よ》ばれた女《おんな》は、その布《ぬの》の間《あいだ》からわずかに見《み》える瞳《ひとみ》で笑顔《えがお》をつくった。

「ええ、大丈夫《だいじょうぶ》です。スペード様《さま》」

「ふふ、今《いま》は僕《ぼく》は怪盗《かいとう》スペードじゃないよ。アダル家《け》の遠《とお》い親戚《しんせき》の王子《おうじ》という設定《せってい》だ」

アラブの王子《おうじ》のような格好《かっこう》をしている少年《しょうねん》は、その深《ふか》い紫《むらさき》の瞳《ひとみ》をイタズラっぽく輝《かがや》かせた。彼《かれ》の正体《しょうたい》は怪盗《かいとう》スペード。ジョーカーの幼《おさな》なじみかつライバルの一人《ひとり》だ。

普段《ふだん》は青《あお》い長髪《ちょうはつ》に金髪《きんぱつ》のトサカ、白《しろ》いロングコートがトレードマークのスペードだが、今《いま》はある場所《ばしょ》に乗《の》り込《こ》むために変装《へんそう》していた。姿《すがた》は変《か》われど、もともと兼《か》ね備《そな》えた上品《じょうひん》さと、背筋《せすじ》がピンと伸《の》びたたたずまいは、どこかの御曹司《おんぞうし》と見間違《みまちが》うほどだ。

となりに立《た》っている女《おんな》の正体《しょうたい》は、スペードの助手《じょしゅ》のダークアイだった。こちらも普段《ふだん》は顔《かお》に包帯《ほうたい》を巻《ま》いてその正体《しょうたい》を隠《かく》しているが、実際《じっさい》はスレンダーな女性《じょせい》だ。スペードの忠実《ちゅうじつ》な助手《じょしゅ》として怪盗仕事《かいとうしごと》の手助《てだす》けをしている一方《いっぽう》で、シャッフルシスターズというアイドルグループの一員《いちいん》でもある。

「ではそろそろ行《い》こうか、ご招待《しょうたい》の時間《じかん》だ」

スペードは、遥《はる》かに広《ひろ》がる見事《みごと》なアダル家《け》を見《み》つめた。

家《いえ》、というより宮殿《きゅうでん》と呼《よ》んだほうが適切《てきせつ》だろう。

上品《じょうひん》な淡《あわ》い色《いろ》づかいの建物《たてもの》は、数《かぞ》え切《き》れないほどの窓《まど》が整然《せいぜん》と並《なら》んでいて、その広《ひろ》さは小《ちい》さな町《まち》くらいはありそうだ。潤沢《じゅんたく》なオイルマネーのおかげで、大《おお》きすぎる宮殿《きゅうでん》が、この国《くに》には見渡《みわた》す限《かぎ》りそこかしこにある。そして宮殿《きゅうでん》の中《なか》には、貴重《きちょう》な宝石《ほうせき》や芸術品《げいじゅつひん》が、数多《かずおお》く眠《ねむ》っている。

そのなかで、今回《こんかい》スペードが狙《ねら》っているのは、『うつつな晩餐会《ばんさんかい》』というタイトルの絵《え》だった。かつてイギリスの美術館《びじゅつかん》で展示《てんじ》されていたのだが、何者《なにもの》かに盗《ぬす》まれ、行方《ゆくえ》がわからなくなってしまった。それが闇《やみ》のルートで売《う》りに出《で》ていたのを、この国《くに》の金持《かねも》ちが買《か》い取《と》り、宮殿《きゅうでん》の奥深《おくふか》くで保管《ほかん》しているらしい。

その『うつつな晩餐会《ばんさんかい》』が怪盗《かいとう》エリアンスのターゲットの一《ひと》つになった。なぜそれが選《えら》ばれたかはわからないが、スペードは絵《え》の行方《ゆくえ》を突《つ》き止《と》め、こうして目前《もくぜん》までやってきたというわけだ。もちろん予告状《よこくじょう》はすでに出《だ》してある。

「ジョーカーは現《あらわ》れますでしょうか？」

ダークアイがスペードにたずねると、スペードは小《ちい》さく首《くび》を傾《かたむ》けた。

「いや、ジョーカーはカナダのいん石《せき》に予告状《よこくじょう》を送《おく》ったらしい。今《いま》はそちらに行《い》っているはずだ」

たしかにちょうど同時刻《どうじこく》、ジョーカーはナイアガラの滝《たき》から落《お》ちていたころだ。

「だから余計《よけい》な邪魔《じゃま》は入《はい》らない、というわけさ」

そう言《い》うとスペードは高台《たかだい》を登《のぼ》ってくる車《くるま》を見下《みお》ろした。

やがてスペードの前《まえ》に大《おお》きなリムジンが横付《よこづ》けされ、運転手《うんてんしゅ》がうやうやしく後部座席《こうぶざせき》の扉《とびら》を開《あ》ける。アダム家《け》の迎《むか》えの車《くるま》だ。

「さあ行《い》ってくる。僕《ぼく》の仕事《しごと》はスマートさがモットーなのさ」

ダークアイを残《のこ》してスペードが後部座席《こうぶざせき》へ乗《の》り込《こ》むと、そこには先客《せんきゃく》が座《すわ》っていた。

「だいぶ待《ま》ったぞ」

となりから声《こえ》をかけてきたのは、長《なが》い髪《かみ》の男《おとこ》だった。高級《こうきゅう》そうなえんじ色《いろ》のコートに身《み》を包《つつ》み、そのするどい瞳《ひとみ》で、スペードをギロリとにらみつける。

「!? 君《きみ》は……D《ディー》!」

スペードはD《ディー》を見《み》つめ返《かえ》した。

D《ディー》とスペードは、奇妙《きみょう》な幼《おさな》なじみの関係《かんけい》だった。

D《ディー》は、その本名《ほんみょう》をダンプと言《い》い、両親《りょうしん》を失《うしな》ったスペード（そのころはキングと呼《よ》ばれていた）が、引《ひ》き取《と》られた家《いえ》の一人息子《ひとりむすこ》だった。ダンプは寂《さび》しさからかスペードに冷《つめ》たくあたっていたが、やがてスペードはジョーカーとともにダンプのもとを離《はな》れた。そして数年《すうねん》が経《た》ったあと、再会《さいかい》した時《とき》にダンプの姿《すがた》は変《か》わっていて、すっかり大人《おとな》になっていた。現《げん》在《ざい》、彼《かれ》はとある会社《かいしゃ》の社長《しゃちょう》となり、数千人《すうせんにん》の社員《しゃいん》を率《ひき》いている。

スペードとはかつての因縁《いんねん》もあり、いがみ合《あ》ったこともあったが、今《いま》はよき友人《ゆうじん》――いやライバルとして交流《こうりゅう》をつづけている。

そんなD《ディー》がどうしてここへ……？

D《ディー》は視線《しせん》を外《はず》そうとしなかった。お前《まえ》の正体《しょうたい》はわかっている、とその瞳《ひとみ》が言《い》っている。

「こんなところで会《あ》うとは偶然《ぐうぜん》だな」

「僕《ぼく》にまた会《あ》えて嬉《うれ》しいかい？」

スペードは余裕《よゆう》の笑《え》みを浮《う》かべる。

運転手《うんてんしゅ》が、後部座席《こうぶざせき》に向《む》かって声《こえ》をかけた。

「おまたせいたしました。お二人《ふたり》が、今夜《こんや》のアダル様《さま》のお客様《きゃくさま》です」

リムジンがゆっくりと動《うご》き出《だ》した。


巨大《きょだい》な宮殿《きゅうでん》の中《なか》へ通《とお》されたスペードとD《ディー》は、長《なが》い廊下《ろうか》を通《とお》って食堂《しょくどう》へ招《まね》き入《い》れられた。

「ここでしばらくお待《ま》ちください」と、執事《しつじ》は言《い》い残《のこ》して部屋《へや》を出《で》ていく。

この国《くに》では、女性《じょせい》は身内《みうち》以外《いがい》の男性《だんせい》と同席《どうせき》することが認《みと》められていない。ダークアイは何《なに》かあった時《とき》のために、外《そと》で待機《たいき》している。

スペードは、部屋《へや》の豪華《ごうか》な調度品《ちょうどひん》を見渡《みわた》した。

30メートルはあろうかという巨大《きょだい》な長《なが》テーブルが部屋《へや》の真《ま》ん中《なか》に置《お》かれ、金《きん》の食器《しょっき》がミリ単位《たんい》で計算《けいさん》され並《なら》んでいる。

テーブル上座《かみざ》である一番奥《いちばんおく》の椅子《いす》は主《あるじ》が座《すわ》る席《せき》だ。その両《りょう》サイドにスペードとD《ディー》が向《む》かい合《あ》わせに座《すわ》っている。

D《ディー》はスペードの顔《かお》をうかがい見《み》た。

「怪盗専門《かいとうせんもん》のゲーム、か。ずいぶん熱《ねっ》を上《あ》げているらしいな」

どうやらD《ディー》も怪盗《かいとう》エリアンスのことは知《し》っているらしい。見下《みくだ》したような目《め》でスペードを挑発《ちょうはつ》する。

「君《きみ》の耳《みみ》にも入《はい》っていたのか。どうだい、君《きみ》も一緒《いっしょ》に参加《さんか》したら？」

「ゴメンだな。私《わたし》はくだらんゲームに興味《きょうみ》はない。が、お前《まえ》が狙《ねら》うお宝《たから》は、私《わたし》も狙《ねら》わせてもらおう」

なるほど……。

スペードは理解《りかい》した。D《ディー》はただ、ジョーカーやスペードがゲームに参加《さんか》していることを知《し》り、邪魔《じゃま》をしにきたのだろう。昔《むかし》からダンプは、自分以外《じぶんいがい》の者《もの》が楽《たの》しそうにしていることには、首《くび》を突《つ》っ込《こ》みたがる性格《せいかく》だった。

変《か》わってないな……。

スペードが小《ちい》さく息《いき》をついたその時《とき》、奥《おく》の扉《とびら》が開《あ》いて宮殿《きゅうでん》の主《あるじ》、アダルが姿《すがた》を現《あらわ》した。

かなり幼《おさな》い少年《しょうねん》だった。

おそらくスペードよりも年下《としした》だ。上《うえ》から下《した》まで輝《かがや》くような高級《こうきゅう》な布《ぬの》に身《み》を包《つつ》み、凛《りん》としたふるまいで歩《ある》いてきて、席《せき》に静《しず》かに座《すわ》る。その佇《たたず》まいは、気品《きひん》にあふれていた。

「ようこそ、お二人《ふたり》とも」

アダルは、その年齢《ねんれい》には似《に》つかわしくないほど落《お》ち着《つ》いた口調《くちょう》で、二人《ふたり》に話《はな》しかけた。

「今夜《こんや》は食事《しょくじ》を楽《たの》しんでいってください」

余裕《よゆう》を持《も》った表情《ひょうじょう》でニコリと笑《わら》うと、横《よこ》の者《もの》たちが何《なに》も言《い》わずに食事《しょくじ》を運《はこ》び始《はじ》めた。

3人《にん》の食事《しょくじ》が始《はじ》まった。

当《あた》り障《さわ》りのない会話《かいわ》を楽《たの》しみながら、スペードはアダルを観察《かんさつ》した。

もちろん彼《かれ》がこの宮殿《きゅうでん》を築《きず》いたわけではない。すべては彼《かれ》の父親《ちちおや》の財力《ざいりょく》だ。アダルの父《ちち》親《おや》は表向《おもてむ》き、真《ま》っ当《とう》な商売《しょうばい》をしているが、裏《うら》では有名《ゆうめい》な闇《やみ》の商人《しょうにん》だった。世界各国《せかいかっこく》の裏稼《うらか》業《ぎょう》の人間《にんげん》とつながり、さまざまな悪事《あくじ》に資金援助《しきんえんじょ》をしている。

そんなことはアダルはまだ知《し》らないかもしれない。

だが、どこか大金持《おおがねも》ちの子供特有《こどもとくゆう》の、寂《さび》しさをたたえた瞳《ひとみ》をしていた。

スペードはその目《め》をどこかで見《み》たような記憶《きおく》があった。

「ところで……」

食事《しょくじ》が終《お》わりにさしかかったころ、D《ディー》が口《くち》を開《ひら》いた。

「怪盗《かいとう》スペードが、アダル殿《どの》に予告状《よこくじょう》を出《だ》しているようだな」

D《ディー》はステーキのフォークを皿《さら》に置《お》いた。そのままスペードを見《み》やって、ニヤリと意地悪《いじわる》く微笑《ほほえ》む。

だがアダルは表情《ひょうじょう》を変《か》えずに、片手《かたて》をしずかに上《あ》げた。それに反応《はんのう》して、数人《すうにん》の執事《しつじ》たちが奥《おく》の部屋《へや》から絵《え》を運《はこ》んできた。小《こ》ぶりの油絵《あぶらえ》だった。それこそがターゲットの『うつつな晩餐会《ばんさんかい》』だ。

アダルは口元《くちもと》をナプキンでぬぐった。

「あれが怪盗《かいとう》スペードが狙《ねら》っている『うつつな晩餐会《ばんさんかい》』です。『うつつ』とは『現実《げんじつ》』という意味《いみ》らしいですね。今《いま》の我々《われわれ》もある意味《いみ》、うつつな晩餐会《ばんさんかい》ではあります。これは父《ちち》が金《かね》で集《あつ》めた数《かず》ある芸術品《げいじゅつひん》の一《ひと》つです。父《ちち》はなくなったとしても気《き》づかないでしょう。こんなことがなければ、金庫《きんこ》にずっとしまわれていたはずの品《しな》です」

「……」

スペードは絵《え》を見《み》つめた。小《こ》ぶりながら、色彩《しきさい》あざやかな見事《みごと》な絵《え》だ。怪盗《かいとう》エリアンスのターゲットになっていなければ、倉庫《そうこ》の奥《おく》に眠《ねむ》っていたはずで、実《じつ》にもったいなかったところだ。スペードはアダルにたずねる。

「ではアダル様《さま》は、『うつつな晩餐会《ばんさんかい》』に執着《しゅうちゃく》はない、と？」

「ええ、ですのでお二人《ふたり》のどちらが怪盗《かいとう》スペードか、ということにも興味《きょうみ》はありません。もしこの絵《え》が欲《ほ》しいのでしたら、持《も》っていって結構《けっこう》です。ただ……それではせっかく晩餐《ばんさん》会《かい》に招待《しょうたい》した楽《たの》しみがない。ここはひとつ、お二人《ふたり》に条件《じょうけん》を出《だ》しましょう」

「条件《じょうけん》？」

スペードとD《ディー》がたずね返《かえ》す。

「そうです。見《み》てのとおり、私《わたし》は恵《めぐ》まれた暮《く》らしをしています。しかし退屈《たいくつ》だ。だから、私《わたし》を楽《たの》しませてほしいのです」

「なに……」

今《いま》、アダルが言《い》った言葉《ことば》はD《ディー》にも当《あ》てはまる。かつて、D《ディー》も恵《めぐ》まれた暮《く》らしを送《おく》っていた。退屈《たいくつ》という気持《きも》ちはわかる。

「では、具体的《ぐたいてき》に何《なに》をすれば？」

スペードがたずねると、アダルは答《こた》えた。

「あるゲームで勝負《しょうぶ》をしてもらいます」

「ゲーム？」

「そうです」

そう言《い》うと、アダルはまた小《ちい》さく手《て》を上《あ》げた。

壁際《かべぎわ》にひかえていた執事《しつじ》が、小《ちい》さな紙《かみ》を盆《ぼん》にのせてやってきて、アダルの前《まえ》にうやうやしく置《お》いた。その紙《かみ》の真《ま》ん中《なか》には、『井《い》』のような記号《きごう》が書《か》かれていた。

「○×ゲームは知《し》っていますか？　遠《とお》く日本《にほん》では『三目並《さんもくなら》べ』とも言《い》うらしいです。互《たが》いに○と×を書《か》いて、縦横《たてよこ》ナナメのどれでも3つ並《なら》べたほうが勝《か》ちというゲームです」

「ほほう……」

D《ディー》は物珍《ものめずら》しそうに、紙《かみ》を見《み》つめた。

「面白《おもしろ》い。そういうゲームがあるのか」

一方《いっぽう》のスペードは驚《おどろ》いていた。

言動《げんどう》はしっかりしていて大人《おとな》のようだが、やはり中身《なかみ》は少年《しょうねん》のようだ。ここで○×ゲームが出《で》てくるとは思《おも》わなかった。

たしかにスペードもこのくらいの年齢《ねんれい》の時《とき》、ジョーカー相手《あいて》に、さんざんやったものだ。誰《だれ》しも一度《いちど》はやったことがあるものだが、ひょっとしたらアダルは、そういう遊《あそ》びをする相手《あいて》がいないのかもしれない。

「このゲームで私《わたし》をより楽《たの》しませてくれたほうに、『うつつな晩餐会《ばんさんかい》』を進呈《しんてい》しようと思《おも》います」

王子《おうじ》はためすように二人《ふたり》を交互《こうご》に見《み》た。金《かね》を持《も》つ者《もの》が時折《ときおり》見《み》せる、高《たか》みからの視線《しせん》……。

スペードはその目《め》にどこか懐《なつ》かしい思《おも》いがした。

「私《わたし》はかまわん。好《す》きにするがいい」

「僕《ぼく》も結構《けっこう》です」

スペードも同意《どうい》した。

「ありがとうございます。どちらが先《さき》にやりますか？」

「私《わたし》がやろう。挑戦《ちょうせん》してみたい」

D《ディー》が進《すす》み出《で》る。

D《ディー》もアダル同様《どうよう》、少年時代《しょうねんじだい》にスペード以外《いがい》、友人《ゆうじん》がいなかった男《おとこ》だ。スペードはD《ディー》と○×ゲームをした記憶《きおく》がないから、もしかしたら初《はじ》めてなのかもしれない。

コインで先攻後攻《せんこうこうこう》を決《き》めると、アダルは「君《きみ》が先攻《せんこう》です」と言《い》って、D《ディー》の前《まえ》へ紙《かみ》を差《さ》し出《だ》した。D《ディー》は傍《かたわ》らに置《お》かれたペンで、『井《い》』の真《ま》ん中《なか》に『○』を書《か》き記《しる》した。

「やっぱりそうですよね」

アダルはニッと笑《わら》って、四隅《よすみ》の角《かど》の一《ひと》つに『×』を書《か》く。

「ふん」

二人《ふたり》はお互《たが》い順番《じゅんばん》に『○』と『×』を書《か》き込《こ》みあい、やがて9つのスペースが埋《う》まった。最終的《さいしゅうてき》にどちらも三《みっ》つ並《なら》ばない引《ひ》き分《わ》けとなる。よくあるこのゲームの流《なが》れだった。つづいてD《ディー》が後攻《こうこう》となったが、同《おな》じように引《ひ》き分《わ》けになってしまった。

「む……また引《ひ》き分《わ》けか」

「そうです。このゲームは引《ひ》き分《わ》けが多《おお》いのです」

スペードはそれを見《み》ながら、じっと考《かんが》えていた。

たしかに○×ゲームは手口《てぐち》が同《おな》じならば、ほぼ勝負《しょうぶ》は決《けっ》しないと言《い》っていい。二人《ふたり》とも通《とお》り一遍《いっぺん》の戦法《せんぽう》しかしないということは、違《ちが》う手《て》になれていないのだろう……。

だったら……。

その時《とき》、アダルがスペードに目《め》を向《む》けた。

「君《きみ》の番《ばん》だ」

先《さき》ほどと同《おな》じようにコインで順番《じゅんばん》を決《き》め、スペードが先攻《せんこう》となった。

スペードが定石《じょうせき》どおりに、中心《ちゅうしん》に『○』を書《か》き込《こ》む。

アダルが先《さき》ほどと同《おな》じように、角《かど》に『×』を書《か》き込《こ》んだあと、スペードは今《いま》までと違《ちが》う場所《ばしょ》に『○』を書《か》き込《こ》んだ。

「ん？　むむ……なぜだ？」

アダルがそれを見《み》て、じっと考《かんが》え込《こ》む。となりからD《ディー》ものぞき込《こ》んでは首《くび》をひねっている。

その後《ご》、交互《こうご》に記号《きごう》を書《か》き込《こ》んでいくと、ほどなくしてスペードの勝《か》ちが決《き》まった。

「むむ……君《きみ》の勝《か》ちか。やるね」

「ありがとうございます」

スペードは頭《こうべ》を垂《た》れた。アダルは、勝負《しょうぶ》が決《けっ》したことを不思議《ふしぎ》がっているようだ。

その心《こころ》をくみとるように、スペードが声《こえ》をかける。

「アダル様《さま》、よろしければこのゲームの戦法《せんぽう》をお教《おし》えしましょうか？」

「なに？」

D《ディー》も興味《きょうみ》ありげにこちらを見《み》つめた。

「教《おし》えてくれ！　どうやったら勝《か》てるんだ！」

「わかりました。ではこのゲームのコツをお教《おし》えします。あくまで僕《ぼく》なりに考《かんが》えたやり方《かた》ですけれど……」

スペードは前置《まえお》きして説明《せつめい》を始《はじ》めた。

「まず、この『○×ゲーム』は先攻《せんこう》が圧倒的《あっとうてき》に有利《ゆうり》なゲームです。先攻《せんこう》が『○』で後攻《こうこう》が『×』とします。この場合《ばあい》、後攻《こうこう》の『×』が勝《か》つことは、相手《あいて》がミスをしない限《かぎ》り、非常《ひじょう》に難《むずか》しい。つまり引《ひ》き分《わ》けに持《も》ち込《こ》む以外《いがい》にありません。ならば、『○』の方《ほう》は引《ひ》き分《わ》けにならないようにしなければならない。

では、先攻《せんこう》の『○』が勝《か》つためにはどうすればいいか。

勝利《しょうり》するための条件《じょうけん》はただ一《ひと》つです。

【3つ目《め》の『○』で、2つのリーチを作《つく》ること】

これだけです」
そう告《つ》げると、スペードは紙《かみ》に『井《い》』を書《か》いた。
王子《おうじ》とD《ディー》は興味深《きょうみぶか》げに見《み》つめている。
「順《じゅん》に説明《せつめい》しましょう。まずは一手目《いってめ》です。

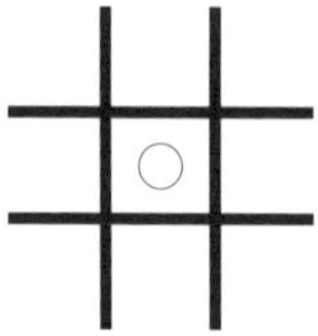

おそらくこうして真《ま》ん中《なか》に書《か》くのが定石《じょうせき》です。すると次《つぎ》に書《か》かれる『×』は二通《ふたとお》りに分《わ》かれます。

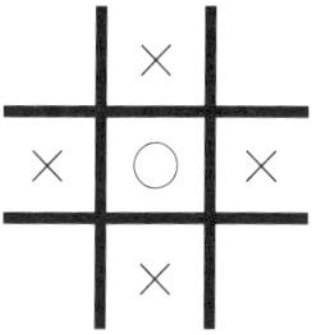

『辺《へん》』

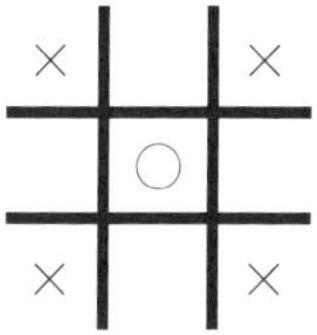

『角《かど》』

この二通《ふたとお》りのどちらかです。仮《かり》に、上《うえ》の図《ず》で『×』が書《か》かれた位置《いち》を『辺《へん》』と呼《よ》び、下《した》の図《ず》で『×』が書《か》かれた位置《いち》を『角《かど》』と呼《よ》びます。

『辺《へん》』（上《うえ》の図《ず》）に『×』が書《か》かれた場合《ばあい》は、『○』が勝《か》つのは簡単《かんたん》です。どこかの『角《かど》』に『○』を書《か》けば、『×』は『○』が次《つぎ》の手《て》で3つ並《なら》ぶのをふせがねばならず、その次《つぎ》に『○』を書《か》き込《こ》むことで『2つのリーチ』を作《つく》ることができます。たとえばこんな感《かん》じです（■部分《ぶぶん》がリーチに該当《がいとう》する）。

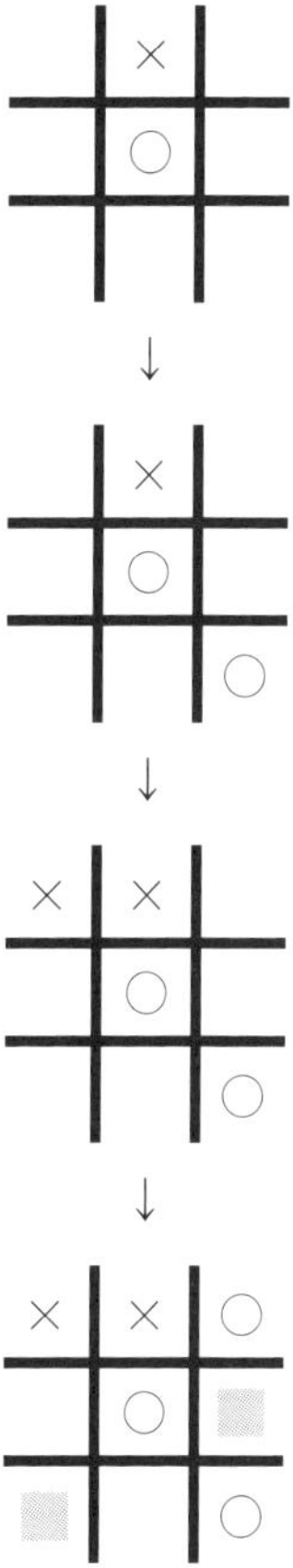

――こうすれば、タテとナナメに『2つのリーチ』を作《つく》り、勝《か》つことができました。

そして次《つぎ》に、『×』が『角《かど》』に置《お》かれた場合《ばあい》（下《した》の図《ず》）です。

この場合《ばあい》が難《むずか》しくて、ほぼ勝負《しょうぶ》は引《ひ》き分《わ》けになると思《おも》います。ただ、勝機《しょうき》はあります。

もし『×』が『角《かど》』に書《か》かれた場合《ばあい》、焦《あせ》らずここは『×』の反対側《はんたいがわ》の『角《かど》』に『○』を書《か》いてください。このように――」

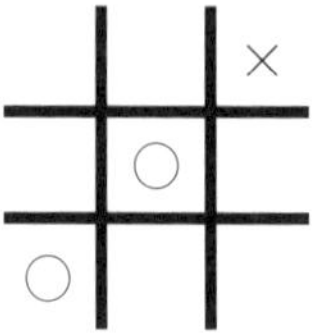

「む？」
王子《おうじ》が口《くち》をはさんだ。「先《さき》ほど君《きみ》が行《おこな》った手《て》ですね。でも私《わたし》は思《おも》ったんです。これでは並《なら》んだ『○』の先《さき》にすでに『×』があり、不利《ふり》になりませんか？」
だがスペードは冷静《れいせい》に続《つづ》ける。

「ええ、たしかに次《つぎ》の手《て》で勝負《しょうぶ》はつきません。けれども勝《か》つ条件《じょうけん》を思《おも》い出《だ》してください。【3つ目《め》の『○』で、2つのリーチを作《つく》ること】です。2つ目《め》の『○』で焦《あせ》る必要《ひつよう》はありません。むしろこれ以外《いがい》の場所《ばしょ》に『○』を書《か》くと、ほぼ勝負《しょうぶ》は引《ひ》き分《わ》けになってしまいます」

「うむ、たしかに先《さき》ほどもこの流《なが》れで引《ひ》き分《わ》けになったな……」

D《ディー》がつぶやくように言《い》った。

アダルはじっと考《かんが》え込《こ》む。「つづけてくれ」

スペードは小《ちい》さくうなずいてつづけた。

「ええ。しかしここからまだ、引《ひ》き分《わ》けになる可能性《かのうせい》は残《のこ》っています。この次《つぎ》に『×』が書《か》き込《こ》める場所《ばしょ》は、この二通《ふたとお》り（░部分《ぶぶん》）に分《わ》かれます。

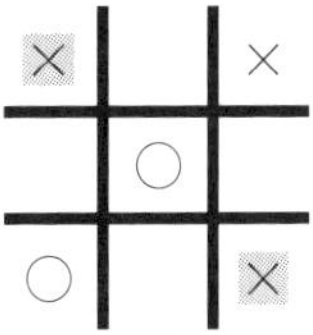

『角《かど》』

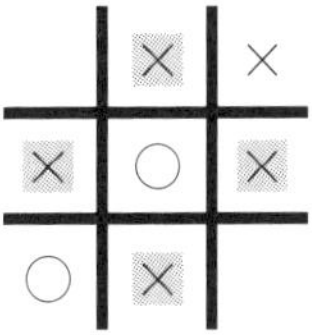

『辺《へん》』

また『角《かど》』（上《うえ》の図《ず》）と『辺《へん》』（下《した》の図《ず》）の二通《ふたとお》りですね。結論《けつろん》から言《い》うと、『×』を『角《かど》』（上《うえ》の図《ず》）に書《か》かれたら引《ひ》き分《わ》けになってしまいます。

しかし逆《ぎゃく》に、『×』を『辺《へん》』（下《した》の図《ず》）に書《か》かれたら勝《か》つことができます。

たとえばこんな感《かん》じです。

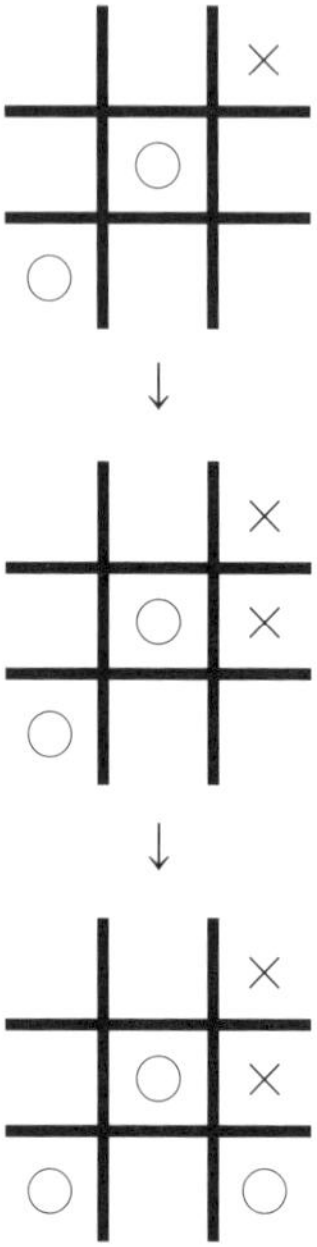

「おお……」

アダルは感激《かんげき》したように、紙《かみ》を見《み》つめた。

「なるほど！　【3つ目《め》の『○』で、2つのリーチを作《つく》ること】ができたな！」

「そのとおりです。次《つぎ》の『×』でどちらを止《と》めても、『○』の勝《か》ちとなります」

「本当《ほんとう》だ。なるほど、いったんは不利《ふり》になったように見《み》せかけ、次《つぎ》の一手《いって》で逆転《ぎゃくてん》する。見《み》事《ごと》な方法《ほうほう》だ」

「ありがとうございます。これはかつて、このゲームで一緒《いっしょ》に遊《あそ》んだ友人《ゆうじん》と編《あ》み出《だ》したやり方《かた》です。その友人《ゆうじん》も、いったん不利《ふり》になったと見《み》せかけ、次《つぎ》の一手《いって》で逆転《ぎゃくてん》するのが得意《とくい》でしたので」

スペードの言《い》う友人《ゆうじん》とは、ジョーカーのことだ。二人《ふたり》が逆転《ぎゃくてん》の一手《いって》に対《たい》する心意気《こころいき》が強《つよ》いのは、かつて共《とも》に遊《あそ》んだゲームからも来《き》ているのかもしれない。

「すばらしい！　これでこのゲームをさらに楽《たの》しむことができそうだ！　君《きみ》に、『うつつな晩餐会《ばんさんかい》』を贈《おく》ろう。私《わたし》にとって退屈《たいくつ》な絵《え》よりも、よほど面白《おもしろ》いことを教《おし》えてもらった！」

王子《おうじ》は上々《じょうじょう》な気分《きぶん》で、『うつつな晩餐会《ばんさんかい》』をスペードに渡《わた》すよう、執事《しつじ》に指示《しじ》を出《だ》した。

「さて……先《さき》ほどのやり方《かた》を、さっそく誰《だれ》かと試《ため》してみたいな！」

と、嬉《うれ》しそうにキョロキョロ見回《みまわ》しているアダルに、スペードが提案《ていあん》した。

「でしたら、今一度《いまいちど》D《ディー》と遊《あそ》んでみるのがよろしいかと思《おも》います」

「なに？」

D《ディー》がギロリとスペードをにらむ。

「いいのか？　私《わたし》も今《いま》のやり方《かた》を聞《き》いていたんだぞ？」

「ああ、かまわないさ。では君《きみ》にはもう一《ひと》つ、教《おし》えてあげよう」

と言《い》うと、スペードはD《ディー》にこそりと耳打《みみう》ちした。

「……ほほう、それは面白《おもしろ》い」

スペードから何《なに》かを聞《き》いたD《ディー》は、小《ちい》さく微笑《ほほえ》むと、アダルの前《まえ》へ紙《かみ》を差《さ》し出《だ》した。ゆっくりと『井《い》』の形《かたち》を真《ま》ん中《なか》に書《か》く。

「ではアダル殿《どの》、もうひと勝負《しょうぶ》といこうか」

「望《のぞ》むところだ」

と、D《ディー》はおもむろに、『◯』を『角《かど》』に書《か》き込《こ》んだ。

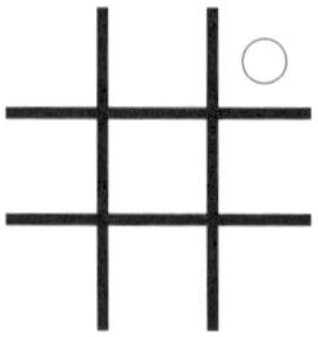

「なっ!?」

アダルは驚《おどろ》いて目《め》を丸《まる》くする。「こんなやり方《かた》もあるのか……？」

「ええ、最初《さいしょ》に『○』を『角《かど》』に書《か》いて、勝《か》つ方法《ほうほう》もあるのです。アダル様《さま》、D《ディー》と戦《たたか》いながら、勝《か》つ方法《ほうほう》も見《み》つけてみてください」（※みんなも考《かんが》えてみよう！）

「むむ……」

スペードの言葉《ことば》に、アダルは考《かんが》え込《こ》む。

「まだまだ奥《おく》が深《ふか》いな。よし、D《ディー》！　ゲームをつづけるぞ！」

「フフ、来《く》るがいい」

そう言《い》うと、二人《ふたり》は嬉《うれ》しそうに紙《かみ》に向《む》き合《あ》う。アダルもD《ディー》も、多《おお》くの人々《ひとびと》を率《ひき》いる長《おさ》ではなく、楽《たの》しいことに取《と》り組《く》む少年《しょうねん》として、同《おな》じ笑顔《えがお》を浮《う》かべていた。

その姿《すがた》はまるで、かつてのジョーカーとスペードを見《み》ているかのようだ。

楽《たの》しそうな二人《ふたり》の少年《しょうねん》を尻目《しりめ》に、スペードは怪盗《かいとう》エリアンスの〝5つ星《ぼし》のマーク〟が入《はい》った金貨《きんか》を部屋《へや》に置《お》く。

そして、『うつつな晩餐会《ばんさんかい》』を手《て》にして、扉《とびら》から立《た》ち去《さ》っていった。

4 残《のこ》された証拠《しょうこ》

「ネコもどき〜〜〜！　どこ行《い》きやがった！」

スカイジョーカーのリビングで、ジョーカーは歯《は》をとがらせてあたりを見回《みまわ》していた。

「捕《つか》まえたら、ギッタギタにして、柱《はしら》にぐるぐる巻《ま》きに縛《しば》りつけてやるからな！」

腕《うで》まくりをしたジョーカーのそばには、すっからかんの宝石箱《ほうせきばこ》が置《お》かれている。

どうやら戦利品《せんりひん》のお宝《たから》を、ホッシーが一《ひと》つ残《のこ》らず平《たい》らげてしまったらしい。それに加《くわ》えて、ジョーカーは今《いま》すこぶる機嫌《きげん》が悪《わる》かった。というのも、怪盗《かいとう》エリアンスでまんまとスペードに1位《い》の座《ざ》を奪《うば》われてしまったからだ。

「ジョーカーさん、落《お》ちついてくださいよ」

台所《だいどころ》から出《で》てきたハチがジョーカーをたしなめる。

「きっとホッシーも、長旅《ながたび》でお腹《なか》が空《す》いてたんスよ。それにそのお宝《たから》だって、気《き》に入《い》ってないから、箱《はこ》に入《い》れっぱなしになってたものっスよね？」

「そういう問題《もんだい》じゃねー！　やい出《で》てこい、ネコもどき！」

だが、ホッシーの姿《すがた》は影《かげ》も形《かたち》も見《み》えない。

「くっ、こうなったら……追加《ついか》の金平糖《コンペイトー》だぞ！　出《で》てきたら金平糖《コンペイトー》をやるぞ！」

とジョーカーが叫《さけ》んだとたん、

「ホシ？」

と戸棚《とだな》の陰《かげ》に隠《かく》れていたホッシーが顔《かお》を見《み》せた。

「ホシホシ？」

どうやら金平糖《コンペイトー》という言葉《ことば》に反応《はんのう》したらしい。とびきりの笑顔《えがお》を見《み》せて、「ホッシー！」

とホッシーはジョーカーに向《む》かって飛《と》びかかってきた。

すかさずジョーカーは身《み》をひるがえしてホッシーをつかみとる。そして瞬《また》く間《ま》に、ビヨーンとホッシーを伸《の》ばして、宣言《せんげん》どおり柱《はしら》にぐるぐる巻《ま》きにしてしまった。

「ホシ？　ホシ？　ホシホシ？」

だが、当《とう》のホッシーは平気《へいき》な様子《ようす》で「金平糖《コンペイトー》は？」と無邪気《むじゃき》な笑顔《えがお》を振《ふ》りまいている。

「もう！　かわいそうじゃないっスか！　やめてください、ジョーカーさん！」

「うるさ〜い！　いいから早《はや》くアクビ野郎《やろう》のカレーを作《つく》れよ！　んで、ネコもどきと一緒《いっしょ》に送《おく》り返《かえ》してやる！」

「え〜！　せっかくホッシーに会《あ》えたのに〜。フェニックスさんも3年以内《ねんいない》って言《い》ってたし、少《すこ》しくらい一緒《いっしょ》にいてもいいじゃないっスか」

「ダメに決《き》まってるだろ！」

「イヤッス！　イヤッス〜！　もう少《すこ》しホッシーと一緒《いっしょ》にいたいっス〜！」

珍《めずら》しくハチが駄々《だだ》をこねる。ホッシーと久《ひさ》しぶりに再会《さいかい》できたのだ。しばらく一緒《いっしょ》に過《す》ごしたいという気持《きも》ちもわからなくもない。

だが、ジョーカーは激《はげ》しく首《くび》を振《ふ》って、ハチのお願《ねが》いを拒《こば》む。

「ダ・メ・だ！　『今《いま》すぐ』送《おく》り返《かえ》すか、『すぐさま』送《おく》り返《かえ》すか、どっちかだ！」

「それじゃどっちもおんなじっス！」

「んじゃ、ネコもどきがいる限《かぎ》り、お前《まえ》は怪盗《かいとう》の助手《じょしゅ》をクビだ！」

「えええええ〜っ！」

ここで怪盗仕事《かいとうしごと》のことを持《も》ち出《だ》すとは、ジョーカーもなかなか大人《おとな》げない。しかしつづけざまに、ジョーカーはハチに選択《せんたく》を迫《せま》る。

「さあ、どっちか選《えら》べ！　『ネコもどきを送《おく》り返《かえ》して、怪盗仕事《かいとうしごと》をつづける』か、『ネコもどきと一緒《いっしょ》にいてクビになる』か、どっちか!?」

「ううう、そんなの選《えら》べないっスよ！」

「えーらーべー！」

「そ、そんな〜……」

ハチが困《こま》って口《くち》ごもったその時《とき》、タイミングよくジョーカーの端末《たんまつ》がピロリンと鳴《な》った。

「ん？」

ジョーカーの目《め》がキラリと輝《かがや》く。

『怪盗《かいとう》エリアンスから着信《ちゃくしん》です』

端末《たんまつ》の声《こえ》に、ジョーカーはすぐさま飛《と》びついた。端末《たんまつ》の画面《がめん》には〝5つ星《ぼし》のマーク〟が映《うつ》っていた。怪盗《かいとう》エリアンスのアプリが、通知《つうち》を知《し》らせているのだ。届《とど》いたメッセージを読《よ》み終《お》えると、ジョーカーはキッと顔《かお》を上《あ》げる。

「よしハチ、次《つぎ》のお宝《たから》が決《き》まった。別《べつ》のやつに先《さき》を越《こ》されないうちに、さっそく行《い》くぞ！」

「え……？　じゃあ、ホッシーも連《つ》れてっていいんスか？」

ハチはパッと笑顔《えがお》になる。

「ぐっ……し、しかたねー！　話《はなし》は帰《かえ》ってきてからだ！　ひとまず出発《しゅっぱつ》だ！」

ジョーカーはホッシーを一瞥《いちべつ》すると、コクピットへ向《む》かって走《はし》っていった。


ちょうど同《おな》じころ、ヨーロッパの郊外《こうがい》の一軒家《いっけんや》――。

その場所《ばしょ》でいつもと同《おな》じように、変《か》わらない日常《にちじょう》が始《はじ》まるはずだった。

「クイーン！　また出《だ》しっぱなしにして～！」

木造《きづく》りの小《ちい》さなリビングで、耳《みみ》の長《なが》い白《しろ》い犬《いぬ》が口《くち》をとがらせた。目《め》の前《まえ》には読《よ》みかけの本《ほん》や、食《た》べかけのお菓子《かし》、そして飲《の》みかけのミルクの入《はい》ったマグカップなどが、いろいろな場所《ばしょ》に散《ち》らかっていた。

「ちゃんと片付《かたづ》けてくださいよ～！」

もう一度叫《いちどさけ》ぶと、扉《とびら》の向《む》こうから少女《しょうじょ》の声《こえ》が聞《き》こえた。

「ごめ～ん、ロコ！　いま手《て》が離《はな》せないの～！」

ロコと呼《よ》ばれた犬《いぬ》はため息《いき》をつき、長《なが》い耳《みみ》を使《つか》って本《ほん》を片付《かたづ》け始《はじ》めた。

Pokke

ロコは遺伝子操作《いでんしそうさ》によって生み出《う　だ》された、類《たぐい》まれな頭脳《ずのう》を持《も》っているスーパードッグだ。言葉《ことば》を話《はな》すことができ、人間《にんげん》と変《か》わらぬ生活《せいかつ》を送《おく》れる。なかでもコンピューターの操作《そうさ》については人間並《にんげんな》みどころではなく、世界屈指《せかいくっし》のハッカーに負《ま》けず劣《おと》らずの技術《ぎじゅつ》を持《も》っている。ロコは普段《ふだん》、怪盗《かいとう》クイーンの心強《こころづよ》い相棒《あいぼう》として、その力《ちから》を振《ふ》るっていた。

そんな当《とう》のクイーンが今《いま》、扉《とびら》の向《む》こうで声《こえ》をあげた少女《しょうじょ》だった。

「もう……クイーンってば、思《おも》いついたら全部《ぜんぶ》ほっぽらかしなんだから……」

怪盗《かいとう》クイーンは、ジョーカーやスペードのライバルであり幼《おさな》なじみの一人《ひとり》だ。見《み》た目《め》は美《うつく》しい少女《しょうじょ》なのだが、その性格《せいかく》は少々《しょうしょう》ずぼらなところがある。

先《さき》ほどまでクイーンはここでゴロゴロ、そしてダラダラをしていた。きっとその時《とき》、おやつをたらふく食《た》べた自分《じぶん》のお腹《なか》をつまんで、「こんなことじゃ、いけないわ！」と思《おも》い立《た》ち、トレーニングを始《はじ》めたに決《き》まっている。トレーニングのことを思《おも》いついたとたん、片付《かたづ》けなんて忘《わす》れてしまったのだろう。

ぶつぶつと文句《もんく》を言《い》いながらも、ロコはてきぱきと手際《てぎわ》よく部屋《へや》を片付《かたづ》けていった。手《て》慣《な》れた行動《こうどう》に、普段《ふだん》からクイーンのフォローをしている様子《ようす》がうかがえる。

「さて……と。これでいいですかね」

数分後《すうふんご》、ロコは満足《まんぞく》げに部屋《へや》を見回《みまわ》した。

リビングはすっかり綺麗《きれい》になって、クイーンが散《ち》らかす前《まえ》よりもピカピカだ。ロコは大《おお》きなゴミ袋《ぶくろ》に入《はい》ったゴミを両耳《りょうみみ》で持《も》ち上《あ》げると、家《いえ》の外《そと》のゴミ置《お》き場《ば》へ向《む》かった。

ゴミ置《お》き場《ば》は、ちょうど家《いえ》の裏《うら》に配置《はいち》しており、小屋《こや》のようになっている。週《しゅう》に何回《なんかい》かの回収《かいしゅう》に備《そな》えて、何日分《なんにちぶん》かのゴミをいったん置《お》いておく場所《ばしょ》だった。

ロコは小屋《こや》の扉《とびら》を開《あ》けて、暗《くら》いゴミ置《お》き場《ば》の中《なか》へ入《はい》っていく。ゴミを取《と》り出《だ》すための回《かい》収口《しゅうぐち》のそばにゴミ袋《ぶくろ》を置《お》いて、長《なが》い耳《みみ》をパンパンとはらった。

その時《とき》だった。ロコの鋭敏《えいびん》な感覚《かんかく》が、突然《とつぜん》シグナルを発《はっ》した。

「!?」

背後《はいご》の気配《けはい》を察《さっ》して振《ふ》り返《かえ》る。するとゴミ置《お》き場《ば》の入口《いりぐち》に人影《ひとかげ》があった。逆光《ぎゃっこう》でよく見《み》えないが屈強《くっきょう》な男《おとこ》のようだ。男《おとこ》はなにやら厳重《げんじゅう》な装備《そうび》に身《み》を包《つつ》んでいる。

「誰《だれ》です!?」

そう叫《さけ》ぼうとした瞬間《しゅんかん》、さらに背後《はいご》に気配《けはい》を感《かん》じた。

しまった！　回収口《かいしゅうぐち》から侵入《しんにゅう》された!?

ロコが気《き》づいた時《とき》には遅《おそ》かった。

その視界《しかい》がふさがれて真《ま》っ暗《くら》になった。直後《ちょくご》、嗅《か》がされた薬品《やくひん》のにおいで、ロコの意識《いしき》は遠《とお》ざかっていった……。

1時間後《じかんご》、怪盗《かいとう》クイーンは真剣《しんけん》な表情《ひょうじょう》でパソコンを操作《そうさ》していた。

ここは一軒家《いっけんや》の地下室《ちかしつ》だ。

クイーンは上品《じょうひん》な顔立《かおだ》ちの少女《しょうじょ》で、ピンクがアクセントになった白《しろ》い服《ふく》に身《み》を包《つつ》んでいる。二《ふた》つ結《むす》びされた金髪《きんぱつ》の下《した》には、ダイヤ形《がた》に光《ひか》る瞳《ひとみ》が輝《かがや》いていた。その眼差《まなざ》しは、今《いま》はモニタの画面《がめん》に注《そそ》がれている。

その手元《てもと》には、ロコが普段《ふだん》からつけているダイヤ形《がた》のペンダントが置《お》かれていた。ゴミ置《お》き場《ば》に落《お》ちていたものだった。

クイーンの後《うし》ろでは、白髪《はくはつ》の紳士《しんし》がクイーンと同《おな》じく神妙《しんみょう》な顔《かお》で、モニタを見《み》つめている。クイーンの師匠《ししょう》、怪盗《かいとう》シルバーハートだった。

シルバーハートはジョーカーやスペードの師匠《ししょう》でもあり、『銀《ぎん》の魔術師《まじゅつし》』と呼《よ》ばれる有《ゆう》名《めい》な怪盗《かいとう》だ。かつてはスパイとして世界中《せかいじゅう》を飛《と》び回《まわ》り、怪盗《かいとう》に仕事《しごと》を変《か》えてからは、ジョーカーやスペード、クイーンを預《あず》かり、立派《りっぱ》に育《そだ》て上《あ》げた。今《いま》ではクイーンを孫娘《まごむすめ》のように可愛《かわい》がって、ロコと一緒《いっしょ》に暮《く》らしている。

この家《いえ》はシルバーハートの数《かず》ある隠《かく》れ家《が》の一《ひと》つであり、この地下室《ちかしつ》は情報管理《じょうほうかんり》や怪盗道《かいとうどう》具《ぐ》を置《お》いておくための、さらに秘密《ひみつ》の部屋《へや》だった。

「最後《さいご》にロコの声《こえ》がしたのは、1時間《じかん》ほど前《まえ》なんじゃな？」

シルバーハートがたずねた。

「ええ、部屋《へや》から出《で》てきたら姿《すがた》がなくなってたの。掃除《そうじ》をし終《お》わって、ロコはゴミを置《お》きにいったはずよ。そしたらロコはいなくて、このペンダントが落《お》ちてた。もしロコに何《なに》かあったのなら、この監視《かんし》カメラに映《うつ》ってるはず……」

クイーンもシルバーハートも職業柄《しょくぎょうがら》、怪《あや》しげな者《もの》に狙《ねら》われることは多《おお》い。だから家《いえ》のあらゆる場所《ばしょ》に監視《かんし》カメラが仕掛《しか》けられていて、ゴミ置《お》き場《ば》も例外《れいがい》ではなかった。

しかし、ゴミ置《お》き場《ば》の監視《かんし》カメラはご丁寧《ていねい》に壊《こわ》されていた。

幸《さいわ》い録画《ろくが》した映像《えいぞう》は、リアルタイムでサーバーに送《おく》られるようロコが環境《かんきょう》を整《ととの》えていた。

クイーンは、そのサーバーに残《のこ》っていた映像《えいぞう》を見《み》よう見《み》まねで探《さが》す。

「出《で》たわ！」

モニタに、ゴミ置《お》き場《ば》の動画《どうが》が映《うつ》った。クイーンが時間《じかん》を操作《そうさ》すると、扉《とびら》が開《あ》いてゴミ袋《ぶくろ》をかかえたロコが入《はい》ってくる。ロコがゴミを置《お》いた直後《ちょくご》、何《なに》かに気《き》づいたように振《ふ》り返《かえ》った。

——がその瞬間《しゅんかん》、カメラは壊《こわ》されてしまったのか、映像《えいぞう》は途切《とぎ》れた。

「ダメだわ……」

「いや、巻《ま》き戻《もど》してみるんじゃ」

クイーンは、シルバーハートの言《い》うとおりに映像《えいぞう》を巻《ま》き戻《もど》し、コマ送《おく》りで丹念《たんねん》に見始《みはじ》める。映像《えいぞう》のなかで、先《さき》ほどと同《おな》じようにロコが驚《おどろ》いて振《ふ》り返《かえ》った。

「ここじゃ、止《と》めろ」

映像《えいぞう》を止《と》めると、何《なに》か記号《きごう》のようなものが映《うつ》っていた。どうやらこの記号《きごう》が書《か》かれたものでカメラは壊《こわ》されたらしい。おそらくロコを襲《おそ》った者《もの》がカメラにぶつけたに違《ちが》いない。

「なんじゃ、このマークは……」

クイーンとシルバーハートは、モニタに映《うつ》った記号《きごう》をじっと見《み》つめる。

「画像《がぞう》の検索機《けんさくき》にかけてみるか……？」

とシルバーハートがつぶやいた時《とき》、クイーンが「その必要《ひつよう》ないわ」と言《い》った。

「知《し》っとるのか？」

驚《おどろ》いたようにたずねると、クイーンは小《ちい》さくうなずいた。

「ええ、見《み》たことがあるわ。ジョーカーやスペードが今《いま》、夢中《むちゅう》になっているゲームでね……」

「なんじゃと？」

モニタには、怪盗《かいとう》エリアンスの〝5つ星《ぼし》のマーク〟が映《うつ》っていたのだ。


広《ひろ》い部屋《へや》で男《おとこ》が報告《ほうこく》を受《う》けていた。

「そうですか、無事《ぶじ》つかまえましたか……。よろしい、すぐに連《つ》れてきなさい。必《かなら》ず言《い》うことをきかせるのです……」

その目《め》の前《まえ》のパソコンには、5つ星《ぼし》のマークが表示《ひょうじ》されている。

男《おとこ》は通信《つうしん》を切《き》ると、不気味《ぶきみ》にニヤリと笑《わら》った。

5 ウソとホントの石面《いしめん》

かつて中米《ちゅうべい》のメキシコやグアテマラ周辺《しゅうへん》、ユカタン半島《はんとう》を中心《ちゅうしん》として栄《さか》えた古代文明《こだいぶんめい》があった。マヤ文明《ぶんめい》と呼《よ》ばれるその文明《ぶんめい》は、長《なが》い間《あいだ》石器《せっき》を用《もち》いながらも高度《こうど》に発達《はったつ》した文明《ぶんめい》であり、１万年以上《まんねんいじょう》も前《まえ》にモンゴロイドがアメリカ大陸《たいりく》に渡《わた》ったことが起源《きげん》と言《い》われている。

「オイラ、テレビで見《み》たことがあるっス！」

ハチが目《め》を輝《かがや》かせて言《い》う。

ジョーカーとハチ、ホッシーは暗《くら》い通路《つうろ》を進《すす》んでいた。ここはそのマヤ文明《ぶんめい》のピラミッドと呼《よ》ばれる遺跡《いせき》の内部《ないぶ》だ。

「世界《せかい》の終《お》わりの予言《よげん》がある文明《ぶんめい》っスよね！」

「ホッシー！」

ハチのテンションの高《たか》さに反応《はんのう》したのか、ホッシーが叫《さけ》ぶ。ハチもジョーカーも、その手《て》のオカルト番組《ばんぐみ》が大好《だいす》きだ。

「それそれ。マヤ文明《ぶんめい》はマヤ暦《れき》っていう暦《こよみ》を使《つか》っていた。そのマヤ暦《れき》が2012年《ねん》12月《がつ》21日《にち》に終《お》わるって話《はなし》だろ？　でも実際《じっさい》、世界《せかい》は終《お》わってないし、よくできたでまかせだったのさ」

「そうなんスか？」

「マヤ暦《れき》ってのは、187万《まん》2000日《にち》っていう長《なが》〜いスパンで循環《じゅんかん》する暦《こよみ》なんだ。オレたちが使《つか》ってる暦《こよみ》が1年《ねん》で365日《にち》だから、およそ5100年分《ねんぶん》。つまり50世紀《せいき》以上《いじょう》かけて1周《しゅう》する暦《こよみ》なんだ」

「へ〜、なんか長《なが》すぎてイメージわかないっス」

「ああ。暦自体《こよみじたい》がすっげーでかい運動場《うんどうじょう》みたいなもんさ。それが1周《しゅう》して最初《さいしょ》の日《ひ》に戻《もど》ってくるのが、ちょうどその2012年《ねん》だったってこと。だから今《いま》は暦《こよみ》が最初《さいしょ》に戻《もど》って、2周目《しゅうめ》に入《はい》ってるのさ」

「なるほど、そうだったんスね」

「そういうわれのせいでマヤ文明《ぶんめい》ってのは謎《なぞ》に包《つつ》まれてるイメージが強《つよ》いけど、古代文《こだいぶん》明《めい》の一《ひと》つってことではほかの文明《ぶんめい》と同《おな》じさ。げんにこの遺跡《いせき》だって、遺跡《いせき》ってわりには現《げん》代人《だいじん》の手《て》が入《はい》ってるだろ？」

「そう言《い》われると……」

ハチが通路《つうろ》を見回《みまわ》すと、ところどころに灯《あか》りが付《つ》いているのが見《み》える。誰《だれ》かが通《とお》りやすいように電気《でんき》を通《とお》しているのだ。

「この遺跡《いせき》って、誰《だれ》かが使《つか》ってるんスか？」

「ホッシー？」

「メキシコのマフィアが、資金《しきん》の隠《かく》し場所《ばしょ》として使《つか》ってるってウワサもあるぜ。マヤ文明《ぶんめい》のお化《ば》けよりも、よっぽど物騒《ぶっそう》な連中《れんちゅう》だな」

「ひぃっ……き、気《き》をつけましょうよ」

「危《あぶ》ないからこそ、いくつかあるターゲットのなかからこの『翡翠《ひすい》のロケット』を選《えら》んだんだ。おかげで誰《だれ》も来《き》てないみたいでラッキーだぜ♪」

ジョーカーは、今回《こんかい》の怪盗《かいとう》エリアンスのターゲットの中《なか》から『翡翠《ひすい》のロケット』に目《め》をつけたのだ。

ジョーカーが嬉《うれ》しそうに口笛《くちぶえ》を吹《ふ》いたその時《とき》だった。

「そうはいかねえぞ！」

するどい叫《さけ》び声《ごえ》がひびいた。

「『ブラッディ・レイン』！」

声《こえ》とともに、背後《はいご》から赤《あか》い光《ひかり》がジョーカーに向《む》けて真《ま》っ直《す》ぐに進《すす》んできた。

「くっ！」

ジョーカーはすんでのところで光線《こうせん》を避《よ》ける。赤《あか》い光線《こうせん》はジョーカーのマントをかすめ、石造《いしづく》りの壁《かべ》に穴《あな》をあけた。

「つぶねーな！　シャドウ！」

ジョーカーは振《ふ》り返《かえ》り、声《こえ》の主《ぬし》に向《む》かって叫《さけ》んだ。

暗《くら》い通路《つうろ》の中《なか》から、ゆっくりと人影《ひとかげ》が姿《すがた》を現《あらわ》した。

そう、彼《かれ》はまさしく〝影《かげ》〟だった。自身《じしん》をシャドウ・ジョーカーと称《しょう》する彼《かれ》は、ジョーカーのライバルの一人《ひとり》だ。ジョーカーと姿形《すがたかたち》そっくりのシルエットを持《も》ち、同《おな》じように怪盗稼業《とうかぎょう》をいとなんでいる。

全身《ぜんしん》を紫《むらさき》のスーツでかため、胸《むね》にはジョーカーと同《おな》じ金《きん》の『J《ジェイ》』の文字《もじ》のバッジ、真《ま》っ黒《くろ》なマントが暗闇《くらやみ》の洞窟《どうくつ》の中《なか》でゆらゆらとはためいて、生《なま》ぬるい空気《くうき》を揺《ゆ》らした。ジョーカーとの違《ちが》いは、その金色《きんいろ》の瞳《ひとみ》が冷《つめ》たく輝《かがや》いているところだろう。

「ふふ、ジョーカー！　お前《まえ》に怪盗《かいとう》エリアンスのトップの座《ざ》は渡《わた》さねえ」

そう、シャドウはついこの間《あいだ》まで怪盗《かいとう》エリアンスのランキングでトップに位置《いち》していた。

しかしこの数日間《すうじつかん》でジョーカーとスペードに抜《ぬ》かされている。

「お前《まえ》もそれが狙《ねら》いか……！」

ジョーカーはグッとシャドウをにらみつける。

「お前《まえ》ならここを狙《ねら》うと思《おも》っていた。オレ様《さま》が『翡翠《ひすい》のロケット』を先《さき》に手《て》に入《い》れてやる！」

そう叫《さけ》ぶと、シャドウは手《て》にしていた真《ま》っ黒《くろ》な傘《かさ》の先《さき》をこちらに向《む》けた。

「『血塗《ブラッディ・レイン》られた雨』！」

同時《どうじ》に光線《こうせん》が放《はな》たれた。

何《なに》かと技名《わざめい》を叫《さけ》びながら攻撃《こうげき》してくるのがシャドウの特徴《とくちょう》だ。ほかにも『漆黒《ダーク・オブ・ダークネス》の闇』や『血塗《ブラッディ・ストーム》られた嵐』、『暗黒街《アンダーワールド・スモーク》の霧』、『黒《ブラックホール・ビッグバン》き星の大爆発』など、絶妙《ぜつみょう》なネーミングセンスには事欠《ことか》かない。

「しょうがねー、ちょっと相手《あいて》してやるぜ！」

ジョーカーはシャドウの光線《こうせん》をひょいひょいと飛《と》んで避《よ》ける。暗《くら》くせまい通路《つうろ》の中《なか》で、四方八方《しほうはっぽう》に正確《せいかく》に光線《こうせん》を撃《う》ちまくるシャドウも見事《みごと》だが、ギリギリのタイミングで体《からだ》を曲《ま》げて攻撃《こうげき》をやり過《す》ごすジョーカーもまた見事《みごと》だ。

「ちょこまかと逃《に》げやがって！　たまには正々堂々《せいせいどうどう》とかかってこい！」

「んだと！　いつだってオレは正々堂々《せいせいどうどう》だ！　行《い》くぞ！」

ジョーカーはカードを構《かま》えて、シャドウに向《む》かって突《つ》っ込《こ》んでいく。

「ジョーカーさん！」

「ホッシー！」

ハチとホッシーの声《こえ》も聞《き》かず、ジョーカーとシャドウはカードと傘《かさ》を突《つ》き合《あ》わせながら、激《はげ》しい戦《たたか》いを繰《く》り広《ひろ》げ始《はじ》めた。ジョーカーは、シャドウの挑発《ちょうはつ》にはついのってしまうところがある。互《たが》いの力《ちから》が拮抗《きっこう》し、緊張感《きんちょうかん》のある戦《たたか》いがつづいていく。

「やるじゃねーか、シャドウ！」

「貴様《きさま》もな、ジョーカー！」

二人《ふたり》の視線《しせん》が熱《あつ》く交錯《こうさく》したその時《とき》だった。戦《たたか》いを邪魔《じゃま》するがなり声《ごえ》が、通路《つうろ》にひびいた。

「怪盗《かいとう》ども〜！　激逮捕《げきたいほ》だあああぁぁ！」

「⁉」

見《み》ると、通路《つうろ》の奥《おく》から鬼山《おにやま》、ギンコ、モモの3人《にん》がこちらに向《む》かって駆《か》けてくるのが見《み》えた。鬼山《おにやま》は縄手錠《なわてじょう》をぐるぐると振《ふ》り回《まわ》しながら、一直線《いっちょくせん》にこちらへ向《む》かってくる。

「なっ、また鬼山警部《おにやまけいぶ》かよ！」

ジョーカーはあわてて後《うし》ろへジャンプする。

「シャドウ、勝負《しょうぶ》はお預《あず》けだ。オレはお先《さき》に行《い》かせてもらうぜ！」

そう言《い》ってジョーカーが踵《きびす》を返《かえ》したその瞬間《しゅんかん》、シャドウが叫《さけ》んだ。

「行《い》かせるか！　ローズ！」

その名前《なまえ》が呼《よ》ばれた直後《ちょくご》、場《ば》の空気《くうき》がぴんと一変《いっぺん》した。どこに潜《ひそ》んでいたのか、真《ま》っ暗《くら》な闇《やみ》のなかから少女《しょうじょ》の両手《りょうて》が差《さ》し出《だ》された。威圧感《いあっかん》とともに激《はげ》しいオーラがその場《ば》にいる者《もの》たちの動《うご》きを、文字《もじ》どおり『止《と》めた』。

（がっ……！）

ジョーカーたちは言葉《ことば》にならない声《こえ》をあげる。

「ごめんね、ジョーカー」

暗闇《くらやみ》から現《あらわ》れたのは、可愛《かわい》らしい少女《しょうじょ》だった。

ピンク色《いろ》のロングヘアーを、両《りょう》サイドだけお団子《だんご》にしてまとめている。紫《むらさき》のブラウスに赤紫《あかむらさき》のジャンパースカート、そしてスカートの裾《すそ》から白《しろ》いペチコートをのぞかせていた。シャドウの妹《いもうと》、ローズだ。

（くっ……ローズも来《き》てたのか……！）

（う、動《うご》けないっス……！）

ジョーカーやハチは思考《しこう》だけはいつもどおりだが、体《からだ》はまったく動《うご》かせない。鬼山《おにやま》たちも、いっせいにその場《ば》で凍《こお》りついたように動《うご》きを止《と》めていた。

それはローズの能力《のうりょく》によるものだった。

ローズは魔女《まじょ》の血《ち》を引《ひ》く娘《むすめ》であり、幼《おさな》いころから不思議《ふしぎ》な超能力《ちょうのうりょく》を持《も》っている。まるで時《とき》を止《と》めたかのように、まわりの人々《ひとびと》の動《うご》きを止《と》めたり、念力《ねんりき》でさまざまなものを持《も》ち上《あ》げられる。その力《ちから》を使《つか》って、日頃《ひごろ》からシャドウの怪盗仕事《かいとうしごと》を手伝《てつだ》っていた。

「怪盗《かいとう》エリアンスで優勝《ゆうしょう》したら、お兄《にい》ちゃんがアップルパイを好《す》きなだけ買《か》っていいって言《い》ってくれたの。それじゃ、行《い》きましょ。お兄《にい》ちゃん」

ローズはいたずらっぽく天使《てんし》のような微笑《ほほえ》みを見《み》せる。

「フハハハ！　みたか、ジョーカー！　『翡翠《ひすい》のロケット』はオレ様《さま》のものだ〜！」

シャドウは自分《じぶん》の手柄《てがら》のように誇《ほこ》らしげに笑《わら》うと、ローズと一緒《いっしょ》に通路《つうろ》の奥《おく》へ走《はし》っていった。去《さ》り際《ぎわ》にローズが、ジョーカーに向《む》かって叫《さけ》ぶ。

「あと10分《ぷん》したら自動的《じどうてき》に動《うご》き出《だ》すようにしてあるから～！　頑張《がんば》ってね～、ジョーカー！」

（ぐっ、ちくしょ～～～っ!!）

ジョーカーはまた、声《こえ》にならない叫《さけ》び声《ごえ》をあげた。


シャドウたちが去《さ》ってから10分後《ぷんご》——、体《からだ》が自由《じゆう》になったジョーカーは、すぐさま『ストレート・フラッシュ』で鬼山《おにやま》たちの動《うご》きを封《ふう》じた。

「激待《げきま》て～！　ジョーカー～！」

鬼山《おにやま》の声《こえ》を背《せ》に受《う》けながら、ジョーカーたちは通路《つうろ》を急《いそ》ぐ。ハチがジョーカーに声《こえ》をかけた。

「それにしても……このところ、よく鬼山警部《おにやまけいぶ》が追《お》いかけてくるっスね」

「ああ。警部《けいぶ》もようやくカンがよくなってきたみたいだな」

たしかに最近《さいきん》、鬼山《おにやま》がお宝《たから》の場所《ばしょ》へ追《お》いかけてくることが多《おお》い。予告状《よこくじょう》は出《だ》しているので不思議《ふしぎ》ではないのだが、それにしてもスピードが早《はや》いのだ。まるでジョーカーが次《つぎ》に来《く》る場所《ばしょ》を予測《よそく》しているかのように……。

少《すこ》し心《こころ》に引《ひ》っかかりを感《かん》じながら、ジョーカーたちは遺跡《いせき》の奥《おく》にある、広《ひろ》い部屋《へや》にたどり着《つ》いた。

そこは部屋《へや》の真《ま》ん中《なか》に橋《はし》のような通路《つうろ》が渡《わた》されていて、その左右《さゆう》は深《ふか》い穴《あな》が口《くち》をあけている。橋《はし》の向《む》こうには大《おお》きな扉《とびら》があった。扉《とびら》にはなにやら幾何学的《きかがくてき》な模様《もよう》がほどこされ、その奥《おく》が特別《とくべつ》な部屋《へや》であることが見《み》て取《と》れる。おそらくお宝《たから》の部屋《へや》だ。

だが、その通路《つうろ》にシャドウたちの姿《すがた》はなかった。

もう扉《とびら》の先《さき》へ進《すす》んでしまったのだろうか……。

ジョーカーたちが橋《はし》を渡《わた》って近《ちか》づくと、扉《とびら》の上《うえ》の壁《かべ》に、大《おお》きな石《いし》の顔《かお》の彫刻《ちょうこく》が作《つく》られていた。まるでローマにある『真実《しんじつ》の口《くち》』のようだが、こんな遺跡《いせき》の奥《おく》にあると、不気味《ぶきみ》さが際立《きわだ》つ。幼《おさな》い時分《じぶん》だったら、すくみ上《あ》がっていただろう。

案《あん》の定《じょう》、ハチはその石《いし》の顔《かお》を見《み》ておびえた。

「こ、怖《こわ》い顔《かお》っスね……」

「へへ、どうってことないぜ、あんな石《いし》のお面《めん》。名《な》づけて『石面野郎《いしめんやろう》』だな！」

ジョーカーが石《いし》の顔《かお》に、変《へん》なアダ名《な》をつけたその時《とき》だった。

『この宝物庫《ほうもつこ》へ入《はい》ること、何人《なんぴと》もかなわぬ……』

「⁉……」

ジョーカーとハチ、ホッシーは思《おも》わず身構《みがま》えた。

『偽《いつわ》りを語《かた》る者《もの》は、その自由《じゆう》が奪《うば》われん。真実《しんじつ》のみを述《の》べよ……』

見上《みあ》げると、石面《いしめん》の目《め》があやしく光《ひか》っていた。どうやら声《こえ》は石面《いしめん》から聞《き》こえてきたらしい。

「あいつが話《はな》してるのか⁉」

「ど、どういう仕掛《しか》けなんスか～！　中《なか》に入《はい》れないって言《い》ってるっス！」

その時《とき》、ジョーカーたちの頭上《ずじょう》から声《こえ》が聞《き》こえた。

「おい、ジョーカー！」

「気《き》をつけて～！」

見上《みあ》げると、暗《くら》い天井《てんじょう》の近《ちか》くに小《ちい》さな檻《おり》がぶら下《さ》がっていた。頑丈《がんじょう》そうな檻《おり》の中《なか》に、シ

ヤドウとローズが閉《と》じ込《こ》められている。

「シャドウさん、ローズさん！」

「ぶははっ！　どうしたんだよ、シャドウ！」

ジョーカーがその姿《すがた》を見《み》て、爆笑《ばくしょう》する。

「笑《わら》ってんじゃねえ！　この檻《おり》、おかしな力《ちから》で封《ふう》じられてるんだ！」

「私《わたし》の力《ちから》でも出《で》られないの！　ジョーカー、そいつの言《い》うことを聞《き》いちゃダメ！」

「へ？」

「私《わたし》たち、そいつの問《と》いに答《こた》えたらこうなっちゃったの！」


——時間《じかん》は10分前《ぷんまえ》にさかのぼる。

シャドウとローズはジョーカーたちをまんまとやり込《こ》め、暗《くら》い通路《つうろ》を走《はし》っていた。

「お兄《にい》ちゃん、アップルパイ、約束《やくそく》だからね」

「ああ、わかってる！」

「本当《ほんとう》よ？　もしこないだみたいに、私《わたし》に黙《だま》って筋力《きんりょく》トレーニングのマシンを買《か》っちゃって、ぜんぜんお金《かね》なくなったりしたら……」

「わ、わかってる！」

シャドウはローズの冷《つめ》たい視線《しせん》に焦《あせ》りながら、広《ひろ》い部屋《へや》へ駆《か》け込《こ》んだ。

部屋《へや》に渡《わた》された橋《はし》を進《すす》み、二人《ふたり》は扉《とびら》の前《まえ》に立《た》つ。

「ははは！　お宝《たから》はオレのもんだ！」

シャドウが嬉《うれ》しそうに叫《さけ》んだ瞬間《しゅんかん》、頭上《ずじょう》から声《こえ》が聞《き》こえた。

『この宝物庫《ほうもつこ》へ入《はい》ること、何人《なんぴと》もかなわぬ……』

「んだと！」

シャドウがグッとにらみつけると、声《こえ》は頭上《ずじょう》の石面《いしめん》から聞《き》こえていた。

『偽《いつわ》りを語《かた》る者《もの》は、その自由《じゆう》が奪《うば》われん。真実《しんじつ》のみを述《の》べよ……』

「どういうこと？」

ローズが首《くび》をかしげると、さらに石面《いしめん》は声《こえ》を発《はっ》した。

『質問《しつもん》だ……。お前《まえ》たちはこれから何《なに》をする……？』

石面《いしめん》の問《と》いに、二人《ふたり》は動《うご》きを止《と》める。

「これから……？　どうするの、お兄《にい》ちゃん」

「もちろんお宝《たから》をいただくんだ。なるほど、この質問《しつもん》に答《こた》えたら扉《とびら》が開《あ》くってわけか！」

シャドウはさっそうと前《まえ》に進《すす》み出《で》た。

「オレ様《さま》は怪盗《かいとう》シャドウ・ジョーカー！　この宝物庫《ほうもつこ》のお宝《たから》をいただきに来《き》てやった！

オレ様《さま》がこの遺跡《いせき》を『漆黒の闇《ダーク・オブ・ダークネス》』へいざなってやる！」

シャドウは自信満々《じしんまんまん》で堂々《どうどう》と叫《さけ》ぶ。

するとお面《めん》の向《む》こうで、ゴゴゴと音《おと》が聞《き》こえた。

『……お前《まえ》は真実《しんじつ》を言《い》った。侵入者《しんにゅうしゃ》とみなす……』

「んだと？」

その時《とき》だった。シャドウの足《あし》もとから鎖《くさり》が現《あらわ》れて、その両足《りょうあし》をガシリとつかむ。

「なっ⁉」

鎖《くさり》が宙《ちゅう》へ引《ひ》き上《あ》げられたかと思《おも》うと、上《うえ》から落《お》ちてきた檻《おり》がシャドウを閉《と》じ込《こ》めた。

「くっ！『ブラッディ・レイン』！」

シャドウはすかさずビームで檻《おり》を砕《くだ》こうとするが、特殊《とくしゅ》なバリアが張《は》ってあるのか、檻《おり》はびくともしない。

「そんな！」

驚《おどろ》いたローズの頭上《ずじょう》から、また声《こえ》が聞《き》こえた。

『質問《しつもん》だ……。お前《まえ》はこれから何《なに》をする……？』

ローズは身構《みがま》えた。シャドウは自分《じぶん》のことを怪盗《かいとう》と言《い》って捕《つか》まってしまった。

だったら……。

ローズの頭《あたま》に一《ひと》つのアイデアが浮《う》かんだ。

「私《わたし》は……お宝《たから》の持《も》ち主《ぬし》なの。お宝《たから》が必要《ひつよう》になったので、取《と》り出《だ》しに来《き》たのよ」

そう言《い》うと、ローズはニコッと微笑《ほほえ》んだ。

ウソをつくのは忍《しの》びないが、ここは方便《ほうべん》だろう。宝物庫《ほうもつこ》へ入《はい》るためには、『お宝《たから》の持《も》ち主《ぬし》』になるしかない。

すると石面《いしめん》の向《む》こうでゴゴゴと音《おと》が聞《き》こえてきた。

『……お前《まえ》はウソを言《い》った。真実《しんじつ》を述《の》べる者《もの》にしか、この扉《とびら》は開《ひら》かれぬ……』

「え……」

ローズが小《ちい》さく声《こえ》をもらすと同時《どうじ》に、その足《あし》に鎖《くさり》が伸《の》びた。先《さき》ほどのシャドウと同《おな》じように、体《からだ》が引《ひ》っ張《ぱ》られ宙《ちゅう》に持《も》ち上《あ》がる。そしてシャドウと同《おな》じ檻《おり》に閉《と》じ込《こ》められてしまった。

「ローズ、お前《まえ》もか……」

「へへ、失敗《しっぱい》しちゃった。ウソを言《い》ってもダメなのね。宝物庫《ほうもつこ》の持《も》ち主《ぬし》しか、入《はい》れないようになってるみたい」

ローズはペロッと舌《した》を出《だ》した。


そこへジョーカーとハチ、ホッシーがやってきたのだったのだ。

「なるほど、そういうことだったんスね」

「ホッシー……」

するとジョーカーはシャドウとローズを見《み》て、ニコーッと悪魔《あくま》の微笑《ほほえ》みを浮《う》かべる。

「へへへ、オレを出《だ》し抜《ぬ》いたりするからバチが当《あ》たったんだな」

「んだと！　お前《まえ》ももうすぐこうなるんだ！」

「気《き》をつけてジョーカー。真実《しんじつ》を言《い》わなきゃその扉《とびら》は開《あ》かないみたいなの。でも正直《しょうじき》に怪《かい》盗《とう》と言《い》っても捕《つか》まっちゃうのよ！」

ローズの言葉《ことば》に、ハチはすがるようにジョーカーを見上《みあ》げた。

「どうするんスか、ジョーカーさん！」

「ふーん、真実《しんじつ》を言《い》ってもウソを言《い》っても、結局《けっきょく》つかまっちまう扉《とびら》か。たしかにお宝《たから》を守《まも》るにはうってつけのトラップだ。きっとマフィアが作《つく》った仕掛《しか》けだろうな」

ジョーカーは観察《かんさつ》するように、石《いし》の面《めん》を見上《みあ》げた。

石面《いしめん》は静《しず》かに、新《あたら》しくやってきた二人《ふたり》の侵入者《しんにゅうしゃ》を見定《みさだ》めているようだ。

やがて石面《いしめん》の向《む》こうから、あの声《こえ》が聞《き》こえてきた。

『この宝物庫《ほうもつこ》へ入《はい》ること、何人《なんぴと》もかなわぬ……。偽《いつわ》りを語《かた》る者《もの》は、その自由《じゆう》が奪《うば》われん。真実《しんじつ》のみを述《の》べよ……』

「う〜ん……」

悩《なや》みながら、ジョーカーの頭《あたま》が急速《きゅうそく》に回転《かいてん》する。

もし正直《しょうじき》に「宝《たから》をいただきに来《き》た」と言《い》えば、侵入者《しんにゅうしゃ》であることを認《みと》めることとなり、たちまち檻《おり》に閉《と》じ込《こ》められてしまう。だが「宝《たから》の持《も》ち主《ぬし》だ」とウソを言《い》っても、同《おな》じように捕《つか》まってしまうのだ。つまり本当《ほんとう》の宝《たから》の持《も》ち主《ぬし》が、「私《わたし》の宝《たから》をいただきにきた」と言《い》うことでしか、扉《とびら》は開《ひら》かれない……。

たしかにこれはうまいこと考《かんが》えてあるな……。

『質問《しつもん》だ……。お前《まえ》たちはこれから何《なに》をする……?』

石面《いしめん》が問《と》いかけたその時《とき》、ハチが困《こま》ったように言《い》った。

「もう! ウソでもホントでも、どっちにしてもダメじゃないっスか〜!」

「ああ……」

とその時《とき》、ジョーカーの頭《あたま》に何《なに》かがひらめいた。

どっちにしてもダメ……?

なるほど、だったら!

「わかったぞ!」

「え? 何《なに》がわかったんスか?」

「中《なか》に入《はい》る方法《ほうほう》さ。ウソもホントもどっちもダメなら、『ウソでもホントでもない言葉《ことば》』を言《い》うことができれば、あいつはその結論《けつろん》を出《だ》すことができなくなるはずだ」

「『ウソでもホントでもない言葉《ことば》』? そんなこと言《い》えるんスか?」

「へへ、ちょっと頭《あたま》をひねれば言《い》えるのさ」

ジョーカーは得意《とくい》げにニッと笑《わら》った。

※　さて、ジョーカーが思《おも》いついた、『ウソでもホントでもない言葉《ことば》』とは、どうやったら言《い》えるのだろうか？　みんなも考《かんが》えてみよう！

ジョーカーが石面《いしめん》と対峙《たいじ》していたその背後《はいご》で、ようやく鬼山《おにやま》たちが部屋《へや》へたどり着《つ》いた。

「むむ、ジョーカーめ！　見《み》つけたぞ！」

「警部《けいぶ》、待《ま》ってください。橋《はし》が……」

走《はし》り出《だ》そうとする鬼山《おにやま》を、ギンコが止《と》める。見《み》ると足元《あしもと》の橋《はし》はいまにも崩《くず》れ落《お》ちそうにゆらゆら揺《ゆ》れている。どうやら一度《いちど》に大勢《おおぜい》は、橋《はし》の上《うえ》にのれないらしい。

「むむ……ここまで来《き》て！」

悔《くや》しそうに見《み》つめた鬼山《おにやま》の胸《むね》には、怪盗対策機構《かいとうたいさくきこう》、特別本隊長《とくべつほんたいちょう》のバッジが光《ひか》る。

じつは鬼山《おにやま》には、いつも以上《いじょう》にジョーカーを捕《つか》まえたい気持《きも》ちがあった。

その理由《りゆう》は、国際怪盗対策機構《こくさいかいとうたいさくきこう》の上司《じょうし》である、不動仏滅警部《ふどうぶつめつけいぶ》から言《い》われた言葉《ことば》だった。

不動警部《ふどうけいぶ》はもともと警視庁《けいしちょう》の人間《にんげん》だが、今《いま》は国際怪盗対策機構《こくさいかいとうたいさくきこう》にも所属《しょぞく》している。

『鬼山警部《おにやまけいぶ》、貴方《あなた》には期待《きたい》しています。ジョーカーたちのような悪党《あくとう》を一緒《いっしょ》に捕《つか》まえましよう！』

特別本隊長《とくべつほんたいちょう》の証《あかし》である金色《きんいろ》のバッジを不動《ふどう》から受《う》け取《と》った折《おり》、不動《ふどう》からかけられた熱《あつ》い言葉《ことば》に、鬼山《おにやま》は心《こころ》を動《うご》かされたのだ。

その期待《きたい》に必《かなら》ず答《こた》えてみせる、と強《つよ》い決意《けつい》を持《も》っていた。

——そんな鬼山《おにやま》のバッジの中心《ちゅうしん》で怪《あや》しい光《ひかり》が動《うご》いた。

鬼山《おにやま》はまったく気《き》づいていないが、どうやらバッジの中心《ちゅうしん》に小《ちい》さく穴《あな》が開《あ》いているらしい。穴《あな》の奥《おく》に潜《ひそ》んだカメラのレンズらしきものが、その先《さき》のジョーカーをじっと見《み》つめていた……。


「さて、そろそろお宝《たから》をおがむとするかな？」

一方《いっぽう》ジョーカーは余裕《よゆう》しゃくしゃくで、石面《いしめん》の前《まえ》に進《すす》み出《で》る。

「さあ、こい。古《ふる》びた石面野郎《いしめんやろう》め！」

石面《いしめん》の目《め》がギラリと光《ひか》って、再《ふたた》びその口《くち》を開《ひら》いた。

『偽《いつわ》りを語《かた》る者《もの》は、その自由《じゆう》が奪《うば》われん。真実《しんじつ》のみを述《の》べよ……。質問《しつもん》だ……。お前《まえ》たちはこれから何《なに》をする……？』

ハチはゴクリとつばを飲《の》み込《こ》んだ。

するとジョーカーは、シャドウたちが捕《つか》まっている檻《おり》を指差《ゆびさ》し、堂々《どうどう》と言《い》い放《はな》った。

「オ・レ・は・こ・れ・か・ら、あ・の・檻《おり》・に・つ・か・ま・る！」

その声《こえ》が静《しず》かにひびき渡《わた》った。

「は？」

シャドウやローズも含《ふく》めて、全員《ぜんいん》が思《おも》わず声《こえ》を漏《も》らした。

ハチも一瞬《いっしゅん》なんのことかわからず、目《め》を丸《まる》くする。

すると、石面《いしめん》の後《うし》ろでゴゴゴと音《おと》がした。

『……お前《まえ》は真実《しんじつ》を言《い》っ……いや、ウソを言《い》っ……いや、真実《しんじつ》を……ウソを……真実《しんじつ》を……ウソ……真実《しんじつ》……ウソ……真実《しんじつ》ウソ真実《しんじつ》ウソ真実《しんじつ》ウソ……』

幾度《いくど》となく言葉《ことば》を繰《く》り返《かえ》したかと思《おも》うと、なぜか石面《いしめん》は静《しず》かに声《こえ》を小《ちい》さくしていく。

「よしっ」

ジョーカーはグッとこぶしをにぎって、その行方《ゆくえ》を見守《みまも》る。

直後《ちょくご》、石面《いしめん》の奥《おく》でプスンプスンと何《なに》かが壊《こわ》れたような音《おと》が聞《き》こえたかと思《おも》うと、その目《め》の光《ひかり》が失《うしな》われて、石面《いしめん》は完全《かんぜん》に沈黙《ちんもく》した。

「やったぜ！」

ジョーカーは指《ゆび》をパチンと鳴《な》らして、扉《とびら》の前《まえ》に進《すす》む。

「な、なんだと⁉」

「どうして……？」

シャドウとローズがぼう然《ぜん》と見《み》つめるなか、ジョーカーはお宝《たから》の部屋《へや》の扉《とびら》をゆっくりと開《ひら》いた。ジョーカーは振《ふ》り返《かえ》って、ニッと笑《わら》う。

「じゃあな、シャドウ！　石面《いしめん》の力《ちから》は失《うしな》われたから、10分後《ぷんご》くらいに檻《おり》から出《で》られるようになるかもな！　でもそのころ、お宝《たから》はオレのものだ！」

そう叫《さけ》ぶと、ジョーカーはお宝《たから》の部屋《へや》へ消《き》えていった。

6 女《おんな》の戦《たたか》い

「どういうことっスか～、ジョーカーさ～ん！」

ハチの声《こえ》が夜空《よぞら》にひびいた。

スカイジョーカーは悠々《ゆうゆう》と夜空《よぞら》を飛《と》んでいた。まるでジョーカーの今《いま》の気分《きぶん》のようだ。

ジョーカーは裏社会《うらしゃかい》ニュースを心待《こころま》ちにしながら、仕事終《しごとお》わりのサイダーをゴクリと一《ひと》口《くち》飲《の》む。おそらく次《つぎ》のランキング発表《はっぴょう》では、念願《ねんがん》の1位《い》になれるはずだ。

「わからないか、ハチ？」

「わかんないっス～。ジョーカーさんが言《い》った言葉《ことば》が、『ウソでもホントでもない言葉《ことば》』ってことっスか？」

「ああ、あれこそ『ウソでもホントでもない言葉《ことば》』さ。だから石面《いしめん》は混乱《こんらん》して、どうしていいかわからなくなっちまった。オレは見事《みごと》に質問《しつもん》の穴《あな》をついたってことさ！」

「う〜ん。どうしてあの言葉《ことば》が『ウソでもホントでもない言葉《ことば》』になるんスか？」

ハチが首《くび》をひねると、ジョーカーは息《いき》をついて、得意気《とくいげ》に話《はな》し始《はじ》めた。

「よく考《かんが》えてみろよ、ハチ。オレは『これから檻《おり》につかまる』って言《い》ったんだぜ？」

「でも、捕《つか》まってないっス。そしたら、あの言葉《ことば》はウソじゃないっスか」

「ああ、そうだ。でももしオレが檻《おり》につかまったら、あの言葉《ことば》は『ホント』になっちゃうんだぜ？」

「え……」

——もう一度《いちど》、整理《せいり》してみよう。

ジョーカーは『これから檻《おり》につかまる』と言《い》った。

もしその言葉《ことば》を石面《いしめん》が『ウソ』と判断《はんだん》したなら、ジョーカーを檻《おり》に捕《つか》まえなくてはならない。だが、実際《じっさい》に檻《おり》に捕《つか》まえたら、言葉《ことば》は『ホント』になってしまう……。

もし、ジョーカーの言葉《ことば》が『ホント』なら、檻《おり》に捕《つか》まえてはならない。しかし、もし檻《おり》に捕《つか》まえなかったとしたら、『檻《おり》につかまる』と言《い》ったジョーカーの言葉《ことば》がウソになってしまうのだ。ならば檻《おり》に捕《つか》まえねばならず……。

「わあああっ！　わけわかんないっス！」

そこまで考《かんが》えたところで、ハチは頭《あたま》をかかえてブンブンと首《くび》を振《ふ》った。

「そうそれだ。石面《いしめん》もおんなじように思《おも》ったのさ。言葉《ことば》がウソなら『ホント』になって、ホントなら『ウソ』になっちまう。そんな堂々《どうどう》めぐりを繰《く》り返《かえ》した結果《けっか》、石面《いしめん》もどうしていいかわからなくなって、止《と》まっちまったんだ」

「なるほど……」

ハチはわかったようなわからないような気《き》がしつつも、ジョーカーの悪知恵《わるぢえ》に感心《かんしん》した。何《なに》か問《と》いを出《だ》されたら、真正面《ましょうめん》からそれを答《こた》えるだけじゃなく、べつの答《こた》え方《かた》を考《かんが》えるというのも一《ひと》つの手段《しゅだん》なのかもしれない。

あ……、ということは……。

ハチの頭《あたま》に何《なに》かがよぎった。

「さーて、シャドウのやつと少《すこ》し戦《たたか》って運動《うんどう》したからな。ハチ、今夜《こんや》はカレーにしてくれよ。元気《げんき》の出《で》るやつたのむな」

ジョーカーが気楽《きらく》に告《つ》げると、ハチは嬉《うれ》しそうに答《こた》えた。

「わかったっス！　でもその前《まえ》にジョーカーさん、あのことを話《はな》さなくていいんスか？」

「あのこと？」

「ホッシーのことっス」

ハチはホッシーを指《さ》し示《しめ》す。するとジョーカーはあっと思《おも》い出《だ》したように、ハチをいたずらっぽく見下《みお》ろした。

「ああ、そうだった！　ネコもどきを追《お》い出《だ》す話《はなし》だったたな！　ハチ決《き》まったか？　『ネコもどきをすぐさま送《おく》り返《かえ》して、怪盗仕事《かいとうしごと》に戻《もど》る』か『ネコもどきと一緒《いっしょ》にいて、怪盗《かいとう》をクビになる』か。さあ、どっちを選《えら》ぶんだ？」

「えっとですね……」

ハチはグッと黙《だま》り込《こ》む。

「へへん、オレの出《だ》した質問《しつもん》は、石面《いしめん》の質問《しつもん》みたいに穴《あな》はないからな～」

ジョーカーの意地悪《いじわる》な言《い》い方《かた》に、ハチはニッと微笑《ほほえ》んでから叫《さけ》んだ。

「決《き》めたっス！」

「ん？」

「でも、オイラが選《えら》ぶ前《まえ》に、ジョーカーさんにもどっちか選《えら》んでもらうっス！　『すぐにホッシーを送《おく》り返《かえ》すけど、ずーっとカレーは作《つく》らない』か、『ホッシーとしばらく一緒《いっしょ》にいて、今夜《こんや》は美味《おい》しいカレーにする』かっス！　どっちか選《えら》んでほしいっス！」

「なにぃっ⁉」

今度《こんど》はジョーカーが黙《だま》り込《こ》む番《ばん》だった。

形勢逆転《けいせいぎゃくてん》、ハチはジョーカーをいたずらっぽく見上《みあ》げた。

「さあ、どっちっスか？　ジョーカーさんも選《えら》んでください♪」

「き、きたねーぞ！」

「えへへ。早《はや》くしてほしいっス。ジョーカーさんが選《えら》ばないと、オイラは夕《ゆう》ご飯《はん》の用意《ようい》をしないっスよ！」

「うう……」

ジョーカーは理解《りかい》した。

誰《だれ》かに条件《じょうけん》を出《だ》して選択《せんたく》を迫《せま》れるのは、自分《じぶん》のほうが圧倒的《あっとうてき》に有利《ゆうり》な立場《たちば》の時《とき》に限《かぎ》るのだ……。

「わ、わかったよ！　ネコもどきは好《す》きにしろ！　その代《か》わり今夜《こんや》はカレーだからな！」

「ハイっス！　とびっきり美味《おい》しいのを作《つく》るっスよ〜！　よかったっス、ホッシー！」

「ホッシー！」

ハチはホッシーを嬉《うれ》しそうにギューーッと抱《だ》きしめる。

「つたく……まあ、いっか」

ジョーカーがブツブツ言《い》いながらテレビをつけると、ちょうど裏社会《うらしゃかい》ニュースが始《はじ》まったところだった。

『さてさて、今夜《こんや》の裏社会《うらしゃかい》ニュース！　まずは怪盗《かいとう》エリアンスのランキング発表《はっぴょう》からだ！』

「おっ、いいぞ！　さーて今日《きょう》こそ……」

ジョーカーはＤＪ《ディージェイ》ピーコックが舞《ま》い踊《おど》る画面《がめん》を、じっと見《み》つめる。

『なんとなんと、またもやランキングに変動《へんどう》があったぞ。まずは第《だい》３位《い》からの発表《はっぴょう》だ！

第《だい》３位《い》は……怪盗《かいとう》ジョーカー！』

「な、なにぃ〜〜〜!?」

ジョーカーは飛《と》び上《あ》がって、テレビに駆《か》け寄《よ》った。

「何《なに》かの間違《まちが》いだ！　オレはこないだまで２位《い》で、ついさっきお宝《たから》をいただいてきたんだぞ！」

ＤＪ《ディージェイ》ピーコックはジョーカーの声《こえ》が聞《き》こえたかのように、話《はな》しつづける。

『残念《ざんねん》ながら間違《まちが》いではありません！　ジョーカーもポイントを稼《かせ》ぎましたが、さらに多《おお》くのポイントを獲得《かくとく》した怪盗《かいとう》がいたんです！』

「誰《だれ》だ一体《いったい》、そいつは⁉」

ジョーカーはギギギと歯《は》を食《く》いしばりながら、画面《がめん》をにらみつける。

『ランキングの2位《い》は、怪盗《かいとう》スペード！　そして今回《こんかい》のランキング1位《い》！　トップに輝《かがや》いたのは、なんとなんと！　怪盗《かいとう》クイーンだ〜〜〜！』

「な、な、なんだとぉ〜〜〜〜っ⁉」

ジョーカーは飛《と》び上《あ》がって驚《おどろ》く。

「なんでだよ！　クイーンは怪盗《かいとう》エリアンスに参加《さんか》してなかったんだぞ！　それなのにいきなり1位《い》ってどういうことだよぉ〜〜〜っ！」

ジョーカーは画面《がめん》に向《む》かって怒鳴《どな》りつづける。

しかし、クイーンは怪盗《かいとう》エリアンスに参加《さんか》していたのだ――。


今《いま》から数時間前《すうじかんまえ》、ちょうどジョーカーがシャドウと戦《たたか》っていたのと同《おな》じころ、日本《にほん》のとある豪邸《ごうてい》での出来事《できごと》だった。

「ターゲットって、ここで合《あ》ってるのかしら？」

豪邸《ごうてい》の前《まえ》を走《はし》る道路《どうろ》の、植《う》え込《こ》みから注意深《ちゅういぶか》く顔《かお》を出《だ》したのは、怪盗《かいとう》クイーンだ。

クイーンがここへやってきたのは、『怪盗《かいとう》エリアンス』のことを調《しら》べるためだった。

虎穴《こけつ》に入《い》らずんば虎子《こじ》を得《え》ず。もしロコをさらった者《もの》が、怪盗《かいとう》エリアンスと何《なに》か関係《かんけい》があるのならば、自身《じしん》も怪盗《かいとう》エリアンスに参加《さんか》して、その内部《ないぶ》に近《ちか》づこうと考《かんが》えた。さっそくアプリをダウンロードして、ターゲットを確認《かくにん》したのだった。

もともと、ジョーカーやスペードが夢中《むちゅう》になる一方《いっぽう》で、クイーンはこのゲームにまったく関心《かんしん》が持《も》てなかった。だいたい誰《だれ》かに指示《しじ》されたお宝《たから》を手《て》に入《い》れて、何《なに》が楽《たの》しいのだろう。

もちろんジョーカーやスペードがお宝目的《たからもくてき》だけではなく、それぞれのプライドを賭《か》けてゲームに夢中《むちゅう》になっているのはわかっている。クイーンだって、二人《ふたり》にお宝《たから》を奪《うば》われてしまったら悔《くや》しいが、それはあくまで真剣勝負《しんけんしょうぶ》で負《ま》けたからだ。知《し》らない連中《れんちゅう》が運営《うんえい》しているゲームで1位《い》になって、偉《えら》そうにふるまいたいとは思《おも》わない。

こういうのって男女《だんじょ》の違《ちが》いなのかしら？　それとも個人的《こじんてき》な好《この》みかしら？

そんなことを考《かんが》えながら、豪邸《ごうてい》の前《まえ》にそびえる、金色《きんいろ》の像《ぞう》を見上《みあ》げた。四角《しかく》い顔《かお》に四角《しかく》いメガネ、くまのぬいぐるみをかかえた寸胴《ずんどう》の男《おとこ》がニタニタと不気味《ぶきみ》な笑《え》みを浮《う》かべている像《ぞう》だった。

彼《かれ》の名《な》はミスター金有《かねあり》。ここはミスター金有《かねあり》が所有《しょゆう》する豪邸《ごうてい》だった。

金有《かねあり》はこれまで幾度《いくど》となくジョーカーのターゲットにされている金持《かねも》ちだ。それだけにたくさんの美術品《びじゅつひん》を持《も》っているのだが、その美術品《びじゅつひん》の一《ひと》つが怪盗《かいとう》エリアンスのターゲットとなった。そこでクイーンは予告状《よこくじょう》を出《だ》したのだが、どうやらジョーカーは別《べつ》のターゲットを狙《ねら》ってるらしく、ここへは来《き》ていない。

金有《かねあり》の豪邸《ごうてい》は、今《いま》までさんざんジョーカーに侵入《しんにゅう》されている経験《けいけん》からだろう。なかなか厳重《げんじゅう》な警備《けいび》が敷《し》かれていた。門《もん》から中《なか》をのぞくと、警備員《けいびいん》やドーベルマンがたくさん配置《はいち》されていて、監視《かんし》カメラもあらゆる角度《かくど》から侵入者《しんにゅうしゃ》を狙《ねら》っている。

「まいったわね……」

普段《ふだん》だったらロコに警備《けいび》システムに侵入《しんにゅう》してもらうなどして、上手《じょうず》に警備《けいび》をくぐりぬけるのだが、今回《こんかい》はそうもいかない。

「たまには力《ちから》づくでいくしかないか……」

クイーンは覚悟《かくご》を決《き》めて、門《もん》の前《まえ》に立《た》った。すぐさまカメラがこちらをとらえる。

「はっ！」

素早《すばや》く飛《と》んだかと思《おも》うと、左右《さゆう》の門柱《もんちゅう》に備《そな》え付《つ》けられていたカメラを剣《けん》で切《き》り捨《す》てる。カメラの部品《ぶひん》が地面《じめん》に落《お》ちると同時《どうじ》に、返《かえ》す刀《かたな》で裏門《うらもん》に向《む》かって剣《けん》を振《ふ》るった。

スパン！　と鋭《するど》い音《おと》が鳴《な》り、門《もん》は上下《じょうげ》真《ま》っ二《ぷた》つに切《き》れて土煙《つちけむり》をあげて崩《くず》れ落《お》ちた。クイーンの剣《けん》は特別《とくべつ》なダイヤモンド製《せい》だ。重《おも》くて扱《あつか》いにくいが、切《き》れ味《あじ》はバツグン。細腕《ほそうで》で非力《ひりき》なクイーンだったが、全身《ぜんしん》の筋肉《きんにく》を上手《じょうず》に使《つか》って、重《おも》い剣《けん》を使《つか》いこなしていた。おかげで、そんじょそこらのもので斬《き》れないものはないと自負《じふ》している。

が、門《もん》を派手《はで》に切《き》り崩《くず》してしまったために、すぐさま非常《ひじょう》ベルが鳴《な》りひびき、警備員《けいびいん》が飛《と》んできた。

さ、来《き》なさい……！

クイーンは剣《けん》を構《かま》えて、走《はし》り来《く》る警備員《けいびいん》たちをにらみつけた。剣先《けんさき》がキラリと光《ひか》った瞬《しゅん》間《かん》、その光《ひかり》よりも早《はや》くクイーンの姿《すがた》が消《き》える。

「き、消《き》えたぞ！」

「どこだ!?」

警備員《けいびいん》たちがクイーンの姿《すがた》を探《さが》して見回《みまわ》していると、次々《つぎつぎ》にバタバタと倒《たお》れ始《はじ》めた。クイーンが剣《けん》を振《ふ》り回《まわ》して警備員《けいびいん》たちの急所《きゅうしょ》を的確《てきかく》に突《つ》き、あっという間《ま》に気絶《きぜつ》させていったのだ。怪盗《かいとう》としての素早《すばや》さにかけては、クイーンもジョーカーに負《ま》けてはいない。

倒《たお》れた警備員《けいびいん》たちの真《ま》ん中《なか》で、ひらりとマントをひるがえしてクイーンは立《た》ち止《ど》まる。

二《ふた》つ結《むす》びの金髪《きんぱつ》が流《なが》れるように揺《ゆ》れた。

「いっちょ上《あ》がりよっ♪　さあ、お次《つぎ》は！」

と、警備員《けいびいん》の後《うし》ろから、低《ひく》いうなり声《ごえ》をあげてドーベルマンたちが襲《おそ》ってきた。

「ロコ！　……はいないのよね……」

いつもなら同《おな》じ犬同士《いぬどうし》、ロコにまかせてしまうところだけれど、そうはいかない。クイーンは今更《いまさら》ながら、ロコにいろいろ頼《たよ》っていたことを思《おも》い知《し》る。

が、人間《にんげん》よりも素早《すばや》いドーベルマンを一匹一匹《いっぴきいっぴき》気絶《きぜつ》させていくのはなかなか難《むずか》しそうだ。

じゃあ、こないだ練習《れんしゅう》したのを試《ため》してみようかしら……。

クイーンは考《かんが》えがあるのか、剣《けん》を両手《りょうて》で持《も》つと、勢《いきお》いをつけてその場《ば》で回転《かいてん》し始《はじ》めた。

フィギュアスケートの選手《せんしゅ》のように、どんどんその回転《かいてん》が増《ま》していき、姿《すがた》がとらえられなくなる。風《かぜ》を切《き》り裂《さ》く音《おと》とともに、ヒュロロロという高音《こうおん》がその場《ば》にひびき始《はじ》めた。まるでクイーンを中心《ちゅうしん》に小《ちい》さな竜巻《たつまき》が発生《はっせい》して、空気《くうき》の渦《うず》がすさまじい勢《いきお》いで回《まわ》りつづける。

「グルルル……！」

ドーベルマンたちが、警戒《けいかい》するように動《うご》きを止《と》めた。犬《いぬ》は人《ひと》よりも音《おと》に敏感《びんかん》だ。何《なに》か得《え》体《たい》の知《し》れないことが起《お》きていることを瞬時《しゅんじ》に嗅《か》ぎとっている。

犬《いぬ》たちのその予感《よかん》は当《あ》たった。

クイーンが風《かぜ》の中心《ちゅうしん》で剣《けん》をわずかに傾《かたむ》ける。

「えええいっ！」

と気合《きあ》いを入《い》れた瞬間《しゅんかん》、竜巻《たつまき》はその直径《ちょっけい》を広《ひろ》げて、クイーンを取《と》り囲《かこ》んでいるドーベルマンたちに襲《おそ》いかかった。

ドーベルマンたちは逃《に》げる間《ま》もなく、空気《くうき》の流《なが》れに押《お》され、その体《からだ》が宙《ちゅう》へ持《も》ち上《あ》げられた。何《なに》が起《お》きたのかわからない、というようにじたばたと足《あし》を動《うご》かしながらドーベルマンたちは小《ちい》さな竜巻《たつまき》の中《なか》でくるくる回《まわ》る。やがて竜巻《たつまき》が消《き》え、犬《いぬ》たちがバラバラと地面《じめん》へ落《お》ちると、目《め》を回《まわ》してしまったのかふらふらと地面《じめん》に倒《たお》れ込《こ》んだ。

「ふぅ……」

クイーンは一息《ひといき》ついて、動《うご》きを止《と》めた。まだ回転《かいてん》に慣《な》れていないせいもあって、少《すこ》し頭《あたま》がくらくらする。まわりに倒《たお》れている犬《いぬ》たちを見回《みまわ》し、どうやら技《わざ》の効果《こうか》はあったようだとホッと胸《むね》をなでおろした。

剣《けん》を回転《かいてん》させることで竜巻《たつまき》を作《つく》り出《だ》す、クイーンのオリジナル技《わざ》のようだ。

ジョーカーやシャドウだったら、さっそくこの技《わざ》に名前《なまえ》をつけるだろう。竜巻《たつまき》だとすれば、おそらく「トルネード」や「ハリケーン」を使《つか》うに違《ちが》いない。

でも私《わたし》だったら……とクイーンは頭《あたま》をひねる。

スケート選手《せんしゅ》っぽく、『スピン』とかはどうかしら。そして、クイーンの剣《けん》はダイヤモンド製《せい》。だったらやっぱり宝石《ほうせき》の名前《なまえ》──『ダイヤモンド・スピン』なんていいんじゃない……？

クイーンが満足《まんぞく》そうにぶつぶつとひとり言《ごと》をつぶやいていると、屋敷《やしき》の方《ほう》から叫《さけ》び声《ごえ》が聞《き》こえた。

「こら～！　待《ま》つザマス～～～！」

振《ふ》り返《かえ》ると、屋敷《やしき》の入口《いりぐち》から二人《ふたり》の男《おとこ》が走《はし》り出《で》てきた。

前《まえ》を走《はし》っているのはスペードだった。その後《うし》ろからドタバタと不格好《ぶかっこう》に走《はし》ってくるのは、先《さき》ほどの像《ぞう》と同《おな》じ体《からだ》つきのミスター金有《かねあり》だ。

「悪《わる》いね。ターゲットのお宝《たから》はいただいたよ！」

「ターゲットってなんのことザマス！」

どうやら一足遅《ひとあしおそ》かったようだ。スペードがすでにターゲットのお宝《たから》をいただいてしまった後《あと》らしい。

しかし……だったらどうしてバルーンガムで逃《に》げないのだろう？

そう考《かんが》えると、スペードの行動《こうどう》はおかしかった。金有《かねあり》の追跡《ついせき》を悠々《ゆうゆう》とかわしながら、また屋敷《やしき》の中《なか》へ入《はい》るチャンスをうかがっているようだ。

何《なに》かあるわね……。

クイーンはひょいひょいと素早《すばや》く飛《と》んで、スペードに近《ちか》づいた。

「スペード！」

「クイーン!?　どうしてここに？」

スペードはクイーンを見《み》て驚《おどろ》く。なにしろクイーンは怪盗《かいとう》エリアンスに興味《きょうみ》はないはずで、ここにいるはずがないからだ。

「あなたこそ、どうして逃《に》げないの？　もうお宝《たから》はいただいたんでしょ？」

「いや……ちょっと、怪盗《かいとう》エリアンスについて気《き》になることがあってね……」

二人《ふたり》はのんびりと普通《ふつう》の会話《かいわ》をしているが、とてつもなく素早《すばや》い動《うご》きで逃《に》げながらだ。

話《はなし》の間《あいだ》にも、スペードはアイスショットと呼《よ》ばれる特殊《とくしゅ》な銃《じゅう》を放《はな》ち、その冷気《れいき》の力《ちから》でドーベルマンの足《あし》を止《と》めているし、クイーンも警備員《けいびいん》を峰打《みねう》ちして、バタバタと倒《たお》している。

「気《き》になること？」

「ああ、だからちょっと寄《よ》り道《みち》したいところがあってね……アイスショット！」

スペードはアイスショットを放《はな》って、屋敷《やしき》の方《ほう》をうかがう。

怪盗《かいとう》エリアンスについて気《き》になることがあるのはクイーンも同《おな》じだ。だったらここは協《きょう》力《りょく》するのが最善《さいぜん》かもしれない。

「ところでクイーン、君《きみ》はどうしてここにいるんだい？　怪盗《かいとう》エリアンスには興味《きょうみ》がないって言《い》ってたじゃないか」

「そうなんだけど……。じつはロコが――」

と、クイーンが言《い》いかけたその時《とき》だった。

二人《ふたり》にするどい殺気《さっき》が走《はし》った。

「！」

瞬時《しゅんじ》に二人《ふたり》は左右《さゆう》へ散《ち》った。直後《ちょくご》、その二人《ふたり》の間《あいだ》に、すさまじく大《おお》きな拳《こぶし》が振《ふ》り下《お》ろされた。拳《こぶし》は地面《じめん》に叩《たた》きつけられ、大《おお》きな地響《じひび》きを起《お》こす。

「ぬおおおお！」

恐竜《きょうりゅう》のような怒号《どごう》が聞《き》こえたかと思《おも》うと、怒号《どごう》の主《ぬし》が声《こえ》を発《はっ》した。

「賊《ぞく》どもめっ！　逃《に》がさんぞ！」

声《こえ》の主《ぬし》は、丸太《まるた》のように太《ふと》い足《あし》をドスン！　と地面《じめん》に叩《たた》きつけた。見上《みあ》げるような大《おお》きな姿《すがた》に、スペードとクイーンは身構《みがま》える。

それは巨大《きょだい》な女性《じょせい》だった。隆々《りゅうりゅう》とした筋肉《きんにく》の鎧《よろい》に包《つつ》まれた体《からだ》が、二人《ふたり》の前《まえ》に立《た》ちはだかる。そのするどい眼光《がんこう》は、どんな獣《けもの》も逃《に》げ出《だ》してしまいそうだ。

彼女《かのじょ》こそ、ミスター金有《かねあり》の愛《あい》する妻《つま》、コマンドー殺子《さつこ》だった。

「ダーリンのお宝《たから》を返《かえ》すのだ！　怪盗《かいとう》スペード！」

「殺《さ》っちゃん！　そいつを捕《つか》まえるザマス！」

ダーリンこと、金有《かねあり》が遠《とお》くから叫《さけ》ぶ。同時《どうじ》にクイーンはスペードに向《む》かって言《い》った。

「スペード、事情《じじょう》はあとよ。ここは私《わたし》にまかせて貴方《あなた》はその寄《よ》り道《みち》をしてきてちょうだい。その代《か》わり、二人《ふたり》でターゲットをいただいたことにしてくれる？」

スペードはうなずいた。

「わかった。怪盗《かいとう》エリアンスの運営者《うんえいしゃ》にその旨《むね》連絡《れんらく》しておくよ」

そう言《い》うと、スペードは再《ふたた》び屋敷《やしき》の方《ほう》へ向《む》かっていく。

「待《ま》て！　怪盗《かいとう》スペード！」

殺子《さっこ》が追《お》いかけようとすると、その前《まえ》にクイーンが立《た》ちはだかった。

「貴方《あなた》の相手《あいて》は私《わたし》よ！　コマンドー殺子《さっこ》！」

「ほう、細腕《ほそうで》のお前《まえ》が私《わたし》の相手《あいて》だと？」

殺子《さっこ》はバカにしたように、クイーンを見下《みお》ろす。

「たとえ力《ちから》が弱《よわ》くても、あんたなんかに負《ま》けない！　いくわよ！」

先手必勝《せんてひっしょう》。クイーンは剣《けん》を構《かま》え、するどく回転《かいてん》を始《はじ》める。やがて小《ち》さな竜巻《たつまき》が巻《ま》き起《お》こり、殺子《さっこ》に向《む》かって剣《けん》を振《ふ》るった。

「『ダイヤモンド・スピン』！」

できたばかりの技名《わざめい》とともに、クイーンの竜巻《たつまき》が殺子《さっこ》へ向《む》かっていく。

「むむっ……！」

殺子《さっこ》は目《め》の前《まえ》で腕《うで》を交差《こうさ》させて、竜巻《たつまき》を正面《しょうめん》から受《う》け止《と》める。その大《おお》きな体《からだ》を包《つつ》むように竜巻《たつまき》が覆《おお》いつくした。舞《ま》い上《あ》がる土煙《つちけむり》の中《なか》で、殺子《さっこ》は両腕《りょううで》を広《ひろ》げて気合《きあ》いを解《と》き放《はな》つ。

「ぬぇいっ!!」

声《こえ》と同時《どうじ》に、空気《くうき》の流《なが》れが逆流《ぎゃくりゅう》する。竜巻《たつまき》は砕《くだ》けるように飛《と》び散《ち》り、穏《おだ》やかな風《かぜ》となってクイーンの頬《ほお》を通《とお》り抜《ぬ》けた。

「なんですって⁉」

クイーンは驚《おどろ》いて目《め》を見開《みひら》く。殺子《さっこ》の強靭《きょうじん》な肉体《にくたい》が、竜巻《たつまき》を力《ちから》づくで弾《はじ》き飛《と》ばしたのだ。

「フハハ、こんなそよ風《かぜ》などムダだ！」

「やるわね……」

クイーンは唇《くちびる》をかんでにらみつける。

「私《わたし》は決《けっ》して負《ま》けん！　ダーリンのために戦《たたか》っているからだ！　成敗《せいばい》っ！」

殺子《さっこ》は雄叫《おたけ》びをあげて、クイーンに襲《おそ》いかかった。

激《はげ》しいパンチのラッシュを、クイーンは左右《さゆう》へ素早《すばや》く飛《と》びながら避《よ》けつづける。

「ぬぇい！　ぬぇい！　ぬぇぇぇぇいっ!!」

地面《じめん》に大穴《おおあな》をあけて、殺子《さっこ》のパンチは次第《しだい》にクイーンを追《お》い詰《つ》めていった。

「そのままぶちのめすザマス〜！　殺《さ》っちゃん！」

金有《かねあり》が声援《せいえん》を送《おく》ると、殺子《さっこ》のパワーがまた上《あ》がった。

「うぉおおお！　ダーリン！　愛《あい》してるぞぉぉぉ――！」

殺子《さつこ》が大《おお》きく拳《こぶし》を振《ふ》りかぶり、クイーンの行《ゆ》く手《て》をとらえた。

「！」

その拳《こぶし》がまっすぐにクイーンに向《む》かってくる。

「ぬぇぇぇぇいっ！」

拳《こぶし》がクイーンに直撃《ちょくげき》する瞬間《しゅんかん》、ガキン！　とぶつかり合《あ》う音《おと》がして拳《こぶし》が止《と》まった。

「ぬぁに!?」

殺子《さつこ》が驚《おどろ》いて、自身《じしん》の拳《こぶし》の先《さき》を見《み》つめる。

見《み》ると、クイーンがダイヤモンドの剣《けん》を手《て》に、その拳《こぶし》を止《と》めていた。殺子《さつこ》の強力《きょうりょく》なパワーを、非力《ひりき》なクイーンが真《ま》っ赤《か》な顔《かお》で必死《ひっし》に止《と》めているのだ。

「き、貴様《きさま》!?」

「……あ、あんたがミスター金有《かねあり》を思《おも》って戦《たたか》ってるのと同《おな》じように、私《わたし》もロコのことを思《おも》って戦《たたか》ってるの……！　ロコを助《たす》け出《だ》すために、私《わたし》は戦《たたか》っているのよ！」

「ぬぅ……！」

クイーンの必死《ひっし》の叫《さけ》びに、殺子《さつこ》が思《おも》わず拳《こぶし》を引《ひ》き戻《もど》した。

次《つぎ》の瞬間《しゅんかん》、クイーンは再《ふたた》び剣《けん》を大《おお》きく振《ふ》りかぶり、高速《こうそく》で回《まわ》り始《はじ》めた。たちまちクイーンのまわりに小《ちい》さな竜巻《たつまき》が発生《はっせい》する。

「その技《わざ》はすでに見切《みき》った！　ムダなことだ！」

クイーンはかまわずに回転《かいてん》をどんどん増《ま》していく。

「『ダイヤモンド・スピン』！」

と剣《けん》を振《ふ》って、殺子《さっこ》に向《む》け竜巻《たつまき》を放《はな》った。竜巻《たつまき》は先《さき》ほどと同《おな》じように、空高《そらたか》く土煙《つちけむり》を上《あ》げながら、殺子《さっこ》の体《からだ》を包《つつ》み込《こ》む。

「むむっ……ぬぇぇいっ！」

殺子《さっこ》は前《まえ》よりも素早《すばや》く両手《りょうて》を広《ひろ》げて、竜巻《たつまき》を弾《はじ》き飛《と》ばす。一度見《いちどみ》た技《わざ》ならば、以前《いぜん》よりも早《はや》く跳《は》ね返《かえ》せるところが、殺子《さっこ》の戦闘能力《せんとうのうりょく》の高《たか》さをうかがわせた。

が直後《ちょくご》、殺子《さっこ》は目《め》をみはった。

「なに……？」

目《め》の前《まえ》からクイーンが消《き》えていたのだ。先《さき》ほどまで立《た》っていた場所《ばしょ》にその姿《すがた》がない。それどころかクイーンのいた場所《ばしょ》の地面《じめん》が、半球状《はんきゅうじょう》にすっぽりなくなっている。

「なるほど、回転《かいてん》の勢《いきお》いに任《まか》せて、立《た》っていた地面《じめん》をくり抜《ぬ》いたか！」

殺子《さっこ》の本能《ほんのう》が、攻撃方法《こうげきほうほう》を瞬時《しゅんじ》に読《よ》み取《と》る。

「私《わたし》に死角《しかく》はない！　左《ひだり》か右《みぎ》か……いや、上《うえ》だ！」

殺子《さつこ》はグッと頭上《ずじょう》を見上《みあ》げた。

そこには太陽《たいよう》の光《ひかり》のなか、くり抜《ぬ》かれた地面《じめん》のかたまりが宙《ちゅう》に浮《う》かんでいた。

なるほど、己《おのれ》の立《た》つ足場《あしば》をそのまま竜巻《たつまき》の風《かぜ》にのせ、頭上《ずじょう》へ飛《と》んだというわけか！

だが……私《わたし》が気《き》づくのが、早《はや》かったようだな！

殺子《さつこ》はグッと拳《こぶし》を握《にぎ》って、落《お》ちてくる地面《じめん》のかたまりをにらみつける。

「さあ来《こ》い！　怪盗《かいとう》め！」

だが、思《おも》いもよらぬ方向《ほうこう》からその返事《へんじ》は聞《き》こえた。

「お望《のぞ》みどおり、行《い》かせてもらうわ」

「!?」

その声《こえ》は殺子《さつこ》の足元《あしもと》から聞《き》こえていた。見《み》ると、木《き》の幹《みき》のように大《おお》きな足《あし》の陰《かげ》から、クイーンが進《すす》み出《で》て、その剣《けん》を大《おお》きく振《ふ》りかぶったところだった。

「なにっ!?」

「ええええいっ！」

直後《ちょくご》、クイーンは力《ちから》の限《かぎ》りに、思《おも》い切《き》り剣《けん》の柄《つか》を殺子《さつこ》のすねに叩《たた》きつけた。殺子《さつこ》の足《あし》から全身《ぜんしん》に向《む》けて、するどい痛《いた》みが走《はし》りぬける。

「ぐわあああああっ！」

獣《けもの》のような雄叫《おたけ》びをあげて、殺子《さっこ》は膝《ひざ》から崩《くず》れ落《お》ちた。急所《きゅうしょ》を突《つ》かれ、そのまま地面《じめん》に倒《たお》れ込《こ》む。クイーンはひらりと飛《と》んで、殺子《さっこ》の目《め》の前《まえ》に降《お》り立《た》った。その背後《はいご》で、先《さき》ほど空《そら》を飛《と》んでいた地面《じめん》のかたまりがドサリと落《お》ちる。

「むむ……やるな、怪盗《かいとう》め……」

「二重三重《にじゅうさんじゅう》にワナを張《は》っておくのが怪盗《かいとう》よ♪　貴方《あなた》に死角《しかく》はないと思《おも》ったから、死角《しかく》を作《つく》りだしたの。上《うえ》からくる攻撃《こうげき》を見《み》せつけることで、下《した》へ目《め》が向《む》かないようにしたのよ」

「むむむ……」

殺子《さっこ》は悔《くや》しそうにうなる。

「貴方《あなた》が金有《かねあり》のために戦《たたか》っていたのは理解《りかい》できるわ。でも私《わたし》もやらなきゃいけないことがあるの。それが落《お》ち着《つ》いたら、また勝負《しょうぶ》しましょう」

「ぐ……無論《むろん》だ」

殺子《さっこ》はニヤリと笑《わら》う。

その時《とき》、スペードの声《こえ》が空《そら》から聞《き》こえた。

「クイーン！　お目当《めあ》てのものは手《て》に入《はい》った！　ここからお暇《いとま》しよう！」

クイーンは片手《かたて》で合図《あいず》して、ぷぅっとバルーンガムをふくらませる。

「それじゃまたね♪　今度《こんど》は貴方《あなた》に弾《はじ》き返《かえ》されない必殺技《ひっさつわざ》、用意《ようい》してくるわ」

クイーンはニコッと笑《わら》うと、空《そら》へ高《たか》く登《のぼ》っていく。

「楽《たの》しみにしているぞ、怪盗《かいとう》クイーン」

殺子《さっこ》が微笑《ほほえ》みながら見上《みあ》げる後《うし》ろで、ミスター金有《かねあり》が叫《さけ》んでいた。

「キ〰〰ッ！　怪盗《かいとう》クイーン、戻《もど》ってくるザマス！　ワタクシの愛《あい》する殺《さ》っちゃんを痛《いた》めつけておいて、ただじゃ済《す》まないザマスよ！　次《つぎ》はワタクシ自身《じしん》がボッコボコにやっつけてやるザマス〰〰ッ！」

その言葉《ことば》に、殺子《さっこ》が薄《うす》く頬《ほお》を染《そ》める。

「ダーリン……、ありがとう……」

金有《かねあり》もまた、殺子《さっこ》のことを大切《たいせつ》に思《おも》っているのだ――。

7 ラストミッションへ！

「おおいっ！　どういうことだああっ！　クイーン！」

ジョーカーが怒鳴《どな》り声《ごえ》を上《あ》げて飛《と》び込《こ》んできたのは、シルバーハートの隠《かく》れ家《が》だった。

だが、そこにはクイーンはおろか、シルバーハートの姿《すがた》もない。

「誰《だれ》もいないっスね」

「ホッシー？」

遅《おく》れて入《はい》ってきたハチとホッシーがつぶやくと、ジョーカーはそのまま壁《かべ》に駆《か》け寄《よ》り、隠《かく》されていたスイッチを押《お》した。

「居所《いどころ》はわかってる！　地下《ちか》の隠《かく》し部屋《べや》だ！」

部屋全体《へやぜんたい》がエレベーターになっている仕掛《しか》けで地下《ちか》まで降《お》りると、ジョーカーは隠《かく》し部《べ》屋《や》の扉《とびら》を開《あ》けて、もう一度《いちど》叫《さけ》んだ。

「おおおいっ！　どういうことだあああっ！　クイ──ンッ！」

すると、中《なか》にいたシルバーハートがこちらを振《ふ》りかえった。

「おや、ジョーカーではないか。ハチくんとそれに……」

「キョキョ、ホッシーさん、帰《かえ》っていらしたんですね？」

「そうなんス！　しばらく一緒《いっしょ》にいるんス！」

「あらよかったわね～！」

「ホッシー！」

「まあ座《すわ》って、ひとまずお茶《ちゃ》でもどうだい？」

「いただくっス！」

テーブルに向《む》かっていたスペード、ダークアイ、クイーン、シルバーハートの出迎《でむか》えに、ハチとホッシーが仲良《なかよ》く談笑《だんしょう》を始《はじ》めた。

「おおおおおおいっ！　そーじゃねーだろ！」

ジョーカーの叫《さけ》び声《ごえ》に、みんなはきょとんと見《み》つめる。

「なによ、大声出《おおごえだ》して」

「クイーン！　どうしてお前《まえ》が怪盗《かいとう》エリアンスの1位《い》なんだよ！　急《きゅう》に参加《さんか》していきなり

1位《い》ってどういうことだっ」

するとクイーンは口《くち》をとがらせた。

「知《し》らないわよ私《わたし》だって。でもきっと、今《いま》までの怪盗《かいとう》としての実績《じっせき》がプラスされたんじゃないかしら？」

クイーンはふふん、と得意気《とくいげ》に笑《わら》う。

「ゆーるーさーねーっ！　こうなったら運営者《うんえいしゃ》に抗議《こうぎ》してやる〜！」

ジョーカーは端末《たんまつ》を取《と》り出《だ》すと、ものすごい勢《いきお》いで文字《もじ》を打《う》ち込《こ》んでいく。運営者《うんえいしゃ》にメールを送《おく》ろうとしたまさにその時《とき》、スペードが進《すす》み出《で》た。

「待《ま》ってくれジョーカー。どうやらその怪盗《かいとう》エリアンスの運営者《うんえいしゃ》には、裏《うら》があるらしいんだ」

「え？」

だが一足遅《ひとあしおそ》く、ジョーカーの抗議《こうぎ》メールはピロンと送《おく》られてしまった。

ロコのことを聞《き》いたジョーカーたちは、驚《おどろ》いてクイーンを見《み》つめた。

「なんだって、ロコがさらわれた？」

「しかもそれが怪盗《かいとう》エリアンスの仕業《しわざ》って、ホントっスか⁉」

「ホッシー！」

3人《にん》が詰《つ》め寄《よ》ると、クイーンは真面目《まじめ》な顔《かお》で答《こた》える。

「ええ、そうなの。だから私《わたし》は、怪盗《かいとう》エリアンスの連中《れんちゅう》に近《ちか》づこうと思《おも》って、ゲームに参《さん》加《か》したのよ」

「僕《ぼく》も以前《いぜん》から怪盗《かいとう》エリアンスについて、気《き》になることがあったんだ。ターゲットのお宝《たから》に一貫性《いっかんせい》がなく、怪盗《かいとう》エリアンス側《がわ》から、その理由《りゆう》も知《し》らされない。何《なに》か裏《うら》があるんじゃないか？　そう考《かんが》え始《はじ》めていた時《とき》に、クイーンからロコのことを聞《き》いて、疑惑《ぎわく》はますます深《ふか》まった」

するとスペードはノートのようなファイルを取《と》り出《だ》した。

「今回《こんかい》のターゲット、ミスター金有《かねあり》の家《いえ》に侵入《しんにゅう》した時《とき》に、これを手《て》に入《い》れたんだ」

スペードがファイルを広《ひろ》げると、そこには細《こま》かい文字《もじ》でメモが書《か》かれていた。

「なんだこれ？」

「金有《かねあり》が裏《うら》で美術品《びじゅつひん》や宝石《ほうせき》を取引《とりひき》している者《もの》のリストだよ。こうした裏《うら》のルートを使《つか》って、世界中《せかいじゅう》からお宝《たから》を買《か》ったり、売《う》ったりしているんだ。いわば、世界《せかい》のお宝《たから》コレクターたちのリストというわけだね」

「おお、すげーじゃん！ってことはこのリストに書《か》いてある連中《れんちゅう》が、たんまりお宝《たから》を持《も》ってるってわけだな！」

ジョーカーは目《め》を輝《かがや》かせて、メモを見《み》つめる。ジョーカーにとっては格好《かっこう》の獲物《えもの》のリスト、というわけだ。

スペードは小《ちい》さく息《いき》をついた。

「ああ、そうさ。そしておそらく、君《きみ》と同《おな》じように考《かんが》える者《もの》がいたんだ。ほら、ココを見《み》てくれ」

スペードが指差《ゆびさ》した先《さき》には、『カナダ／ヴァルドン財閥《ざいばつ》』、『サウジアラビア／アダル氏《し》』、『メキシコ／ケストラファミリー』と書《か》かれていた。

「カナダ、サウジアラビア、メキシコ……？　これって……」

「そう、つい最近《さいきん》までの怪盗《かいとう》エリアンスのターゲットさ。というより、今《いま》まで怪盗《かいとう》エリアンスのターゲットになったすべてのお宝《たから》の持《も》ち主《ぬし》が、このリストにのっている」

「それって、どういうことっスか？」

ハチがけげんな顔《かお》でたずねると、スペードは小《ちい》さく首《くび》を振《ふ》った。

「リストとターゲットが一致《いっち》している理由《りゆう》まではわからない……」

「ただ、怪盗《かいとう》エリアンスというゲームの運営者《うんえいしゃ》が、闇《やみ》ルートでお宝《たから》を取引《とりひき》している連中《れんちゅう》をターゲットにしていることは確《たし》かじゃな」

スペードの言葉《ことば》をシルバーハートがつづけた。

「そして、それにロコが巻《ま》き込《こ》まれていることもね。怪盗《かいとう》エリアンスは、なんらかの理由《りゆう》があってロコをさらったのよ」

クイーンは悔《くや》しそうに、リストをにらみつけている。

「う〜ん、どういうことなんだ？」

ジョーカーがうなった時《とき》、全員《ぜんいん》の端末《たんまつ》がいっせいに鳴《な》りひびいた。

『怪盗《かいとう》エリアンスから着信《ちゃくしん》です』

全員《ぜんいん》がいっせいにアプリを起動《きどう》し、画面《がめん》を見《み》つめる。

「新《あたら》しいターゲットか!?」

だが、そのメッセージに全員《ぜんいん》が目《め》をみはった。

『怪盗《かいとう》クイーン　怪盗《かいとう》スペード　怪盗《かいとう》ジョーカー　様《さま》

この度《たび》は、怪盗《かいとう》エリアンスにご参加《さんか》いただき、ありがとうございました。

怪盗《かいとう》エリアンスにおきまして、3名様《めいさま》がトップ3《スリー》となりました。

ここに決勝戦《けっしょうせん》をとり行《おこな》うこととなり、最後《さいご》のヒントをお送《おく》りします。

怪盗《かいとう》エリアンス　運営本部《うんえいほんぶ》』

「決勝戦《けっしょうせん》だって⁉」

「じゃあこれが最後《さいご》のターゲットってこと？」

ターゲットについて書《か》かれた文言《もんごん》は暗号《あんごう》のようで、なにやらカタカナと漢字《かんじ》と記号《きごう》が意《い》味不明《みふめい》の順番《じゅんばん》で並《なら》んでいた。

『（ン）（八《はち》＋一《いち》＋マ）（ン）（十《じゅう》＋田《た》＋木《き》）（一《いち》＋ノ＋一《いち》）（０）（０）』

※　暗号《あんごう》はどこの場所《ばしょ》を指《さ》しているのだろうか⁉
ヒントは、漢字《かんじ》とアルファベットの組《く》み合《あ》わせだ！　一《ひと》つずつ横《よこ》に並《なら》べると、わかるかもしれないぞ！


しかし、ジョーカーだけはまったく違《ちが》うことで声《こえ》をあげた。

「なんでオレの名前《なまえ》が最後《さいご》なんだ〜っ！」

たしかにあて先《さき》にはクイーン、スペード、ジョーカーの順《じゅん》で名前《なまえ》が書《か》かれている。

「仕方《しかた》ないじゃないっスか。ジョーカーさん、3位《い》なんスから」

「ホッシー」

「うるせー！　しかもさっきの抗議《こうぎ》も通《とお》らなかったぞ！」

そう言《い》って、端末《たんまつ》の画面《がめん》を見《み》せつけた。その画面《がめん》には、ジョーカーあてに、怪盗《かいとう》エリアンスの運営者《うんえいしゃ》から抗議《こうぎ》に対《たい》する返事《へんじ》が届《とど》いていた。

『怪盗《かいとう》ジョーカー　様《さま》

貴方《あなた》の抗議《こうぎ》は受《う》け付《つ》けられません。

怪盗《かいとう》スペード、怪盗《かいとう》クイーンのポイントは正当《せいとう》に付与《ふよ》されたものです。

貴方《あなた》のポイントは、メキシコの『翡翠《ひすい》のロケット』のみとなります。

なお、石面《いしめん》への対処《たいしょ》はお見事《みごと》でしたので、特別《とくべつ》ポイントを加算《かさん》しております。

怪盗《かいとう》エリアンス　運営本部《うんえいほんぶ》』

メッセージを読《よ》み終《お》わったハチは、ため息《いき》をついてつぶやいた。

「ほら、仕方《しかた》ないじゃないっスか。でもよかったっス、ジョーカーさん。特別《とくべつ》ポイントをもらえてるんスよ」

「そんなの、順位《じゅんい》が変《か》わらなきゃ関係《かんけい》ねえよっ。そもそもクイーンたちのポイントが高《たか》すぎるのが問題《もんだい》なんだ！　だいたい石面《いしめん》への対処《たいしょ》なんて……」

と言《い》いかけた時《とき》、ジョーカーはふと言葉《ことば》を止《と》めた。

「…………」

「……どうしたんスか？　ジョーカーさん」

「……なんで石面《いしめん》のことを……」

ジョーカーはブツブツつぶやいていたかと思《おも》うと、何《なに》かに気《き》づいたように、「なるほど……」と小《ちい》さくつぶやいた。すぐさまパッと目《め》を輝《かがや》かせ、スペードとクイーンをビシっと指差《ゆびさ》す。

「スペードにクイーン、最後《さいご》の勝負《しょうぶ》だ！　ぜったいお前《まえ》らには負《ま》けねーからな！」

二人《ふたり》は面食《めんく》らったかのように、あきれてジョーカーを見返《みかえ》す。

「まったく、君《きみ》ってやつは……」

「話聞《はなしき》いてたの？　怪盗《かいとう》エリアンスは何《なに》か企《たくら》んでるに決《き》まってるのよ！」

「そんなの承知《しょうち》のうえだ！　怪盗《かいとう》エリアンスがどういう目的《もくてき》でやってようと、勝負《しょうぶ》は勝負《しょうぶ》だ！　何《なに》か企《たくら》みがあるんだったら、その上《うえ》を行《い》くのが怪盗《かいとう》だ！」

「ほほう……」

するとシルバーハートはひげを触《さわ》って、ジョーカーの言葉《ことば》に感心《かんしん》する。

「たしかにそうじゃな。怪盗《かいとう》ならば怪盗《かいとう》らしく、勝負《しょうぶ》するのが一番《いちばん》じゃ」

「師匠《ししょう》！」

「おじいちゃん！」

シルバーハートはスペードとクイーンを見回《みまわ》して、静《しず》かに語《かた》りかける。

「二人《ふたり》とも、熱《あつ》くなった時《とき》こそ冷静《れいせい》にならねばならん。もし怪盗《かいとう》エリアンスに裏《うら》があるのなら、その謎《なぞ》を怪盗《かいとう》として確《たし》かめてくるんじゃ」

シルバーハートに見《み》つめられ、スペードは冷静《れいせい》になったのか、ゆっくりとうなずく。

「わかりました、師匠《ししょう》」

「そしてクイーン、しっかり者《もの》のロコならば心配《しんぱい》せんでも大丈夫《だいじょうぶ》じゃ。それはお前《まえ》が一番《いちばん》わかっているじゃろう？　ロコを信《しん》じて、怪盗《かいとう》として助《たす》け出《だ》してくるんじゃ」

「ええ、わかったわ。おじいちゃん！」

クイーンも力強《ちからづよ》くうなずいた。

「そしてジョーカー、お主《ぬし》はゲームの1位《い》なんぞにこだわらず、正々堂々《せいせいどうどう》、怪盗《かいとう》として――」

と、振《ふ》り返《かえ》ったシルバーハートだったが、すでにジョーカーの姿《すがた》はそこになかった。いつの間《ま》にかハチとホッシーもいなくなっている。

すると窓《まど》の外《そと》では、スカイジョーカーが飛《と》び去《さ》っていくのが見《み》えた。

「やれやれ、せっかちなやつじゃ……」

シルバーハートは小《ちい》さく息《いき》をついて、優《やさ》しい目《め》で飛行船《ひこうせん》の行方《ゆくえ》を見《み》つめた。


その頃《ころ》、国際怪盗対策機構《こくさいかいとうたいさくきこう》の本部《ほんぶ》で、鬼山《おにやま》は不動警部《ふどうけいぶ》に呼《よ》びだされていた。

「不動警部《ふどうけいぶ》、ご命令《めいれい》でしょうか？」

鬼山《おにやま》が尋《たず》ねると、不動《ふどう》が振《ふ》り返《かえ》った。

不動《ふどう》は、背後《はいご》の大《おお》きな窓《まど》に負《ま》けぬほど体《からだ》の大《おお》きな男《おとこ》だった。襟《えり》の長《なが》い派手《はで》なコートを着《き》て、その首《くび》からは大《おお》きな玉《たま》でできたネックレス、そしてたくましい両手《りょうて》で仏像《ぶつぞう》のような印《いん》相《そう》を結《むす》んでいる。頭《あたま》は螺髪《らほつ》と呼《よ》ばれる、髪《かみ》をいくつかの球体《きゅうたい》に巻《ま》いた特徴的《とくちょうてき》な髪型《かみがた》だった。

「鬼山警部《おにやまけいぶ》。怪盗《かいとう》ジョーカー、怪盗《かいとう》スペード、怪盗《かいとう》クイーンがこの地図《ちず》に書《か》かれた場所《ばしょ》へ現《あらわ》れます。そこへ行《い》ってきてください」

不動《ふどう》は鬼山《おにやま》に地図《ちず》を手渡《てわた》す。

地図《ちず》を受《う》け取《と》った鬼山《おにやま》は、不思議《ふしぎ》そうに尋《たず》ねた。

「承知《しょうち》いたしました。ですが……どうしてわかるのでしょうか？　不動警部《ふどうけいぶ》は、今《いま》までもジョーカーの行《い》き先《さき》を幾《いく》つか当《あ》ててきました。まるで予告状《よこくじょう》が出《で》る前《まえ》に、ヤツがどんなお宝《たから》を狙《ねら》うのかがわかっているかのような……」

「ふふふ、気《き》にしなくて結構《けっこう》です。貴方《あなた》はただ、ジョーカーたちを追《お》いかければいいのです。期待《きたい》していますよ、鬼山警部《おにやまけいぶ》」

不動《ふどう》の優《やさ》しくも凄《すご》みのある口調《くちょう》に、鬼山《おにやま》は身《み》をかたくする。

「わ、わかりました。では行《い》ってまいります！」

ビシッと敬礼《けいれい》をすると、鬼山《おにやま》は部屋《へや》をバタバタと走《はし》り出《で》ていった。

残《のこ》された不動《ふどう》は、低《ひく》い声《こえ》でつぶやいた。

「そう……ただ追《お》いかけていればいいのです。つかまえなくて結構《けっこう》ですよ……」

その口《くち》の端《はし》がゆっくりとあがり、不動《ふどう》の顔《かお》に不気味《ぶきみ》な微笑《ほほえ》みが浮《う》かんだ。

8 凍《こお》りつく決戦《けっせん》

「ジョーカーさん、寒《さむ》くないっスか？」

ハチはブルっと身《み》を震《ふる》わせて、不安《ふあん》そうにあたりを見回《みまわ》した。

「そりゃそうだろ。なにしろ冬《ふゆ》には凍《こお》っちまう湖《みずうみ》だ。生身《なまみ》で泳《およ》げる場所《ばしょ》じゃねーよ」

ジョーカーはゆっくりと振《ふ》り返《かえ》って言《い》った。二人《ふたり》はイメージガムで作《つく》ったトランシーバー付《つ》きの耐寒潜水《たいかんせんすい》スーツに身《み》を包《つつ》んでいた。その点《てん》ホッシーは、どんなに冷《つめ》たい水《みず》だろうと平気《へいき》ですいすいと泳《およ》いでいる。

二人《ふたり》がいるのは水《みず》の中《なか》だった。

ここはロシアの南東部《なんとうぶ》にあるバイカル湖《こ》という湖《みずうみ》の底《そこ》だ。世界一《せかいいち》の透明度《とうめいど》を誇《ほこ》る湖《みずうみ》で、『シベリアの真珠《しんじゅ》』と呼《よ》ばれることもある。さらには世界最古《せかいさいこ》の古代湖《こだいこ》でもあり、外界《がいかい》から離《はな》れ環境《かんきょう》が閉《と》ざされていることもあって、付近《ふきん》に住《す》んでいる生《い》き物《もの》の種類《しゅるい》も豊富《ほうふ》だった。

その透明《とうめい》な水《みず》の中《なか》を進《すす》むと、やがて湖岸《こがん》の中腹《ちゅうふく》に、通路《つうろ》のような穴《あな》があいていた。

「この先《さき》っスか？」

「ああ、湖岸《こがん》に建《た》ってる研究所《けんきゅうじょ》が今回《こんかい》の目的地《もくてきち》だ。そのなかの『冷凍動物園《れいとうどうぶつえん》』って場所《ばしょ》にあるお宝《たから》が、怪盗《かいとう》エリアンスのターゲットだな」

ジョーカーとハチ、ホッシーは穴《あな》の中《なか》へ入《はい》り、暗《くら》いパイプのような水路《すいろ》を進《すす》んでいた。水《みず》の流《なが》れはなく穏《おだ》やかだ。

「冷凍動物園《れいとうどうぶつえん》？　それがあの暗号《あんごう》の答《こたえ》えっスか？」

「ああ、そうさ。『(ン)＋(八《はち》＋一《いち》＋マ)』ってのは文字《もじ》を表《あらわ》してるのさ。(八《はち》＋一《いち》＋マ)を、その形《かたち》のままくっつけてみると、『令《れい》』って漢字《かんじ》になるだろ？」

「えっと……ああ、ホントっス！」

「そんで『令《れい》』って漢字《かんじ》のとなりに『ン』をくっつけてみるんだ」

「そっか！　『冷《れい》』って漢字《かんじ》になったっス！」

「同《おな》じように『(ン)＋(十《じゅう》＋田《た》＋木《き》)』を組《く》み合《あ》わせると、『凍《とう》』って漢字《かんじ》になる。その二《ふた》つを連続《れんぞく》で読《よ》むと……」

「『冷凍《れいとう》』っスね！」

「ご名答《めいとう》！　残《のこ》りの文字《もじ》だけど、これは漢字《かんじ》じゃなくて英語《えいご》なのさ。『（一《いち》＋ノ＋一《いち》）』は、つなげるとアルファベットの『Ｚ《ゼット》』になる」

「じゃあ、『（０）』はそのまま、『Ｏ《オー》（オー）』ってことっスか？」

「ああ、だから全部《ぜんぶ》つづけて読《よ》むと、『冷凍《れいとう》ＺＯＯ《ズー》』ってなる。『ＺＯＯ《ズー》』は動物園《どうぶつえん》って意《い》味《み》だ。つまりターゲットは、『冷凍動物園《れいとうどうぶつえん》』ってこと」

「でも……冷凍動物園《れいとうどうぶつえん》って何《なん》スか？」

「貴重《きちょう》な動物《どうぶつ》のＤＮＡ《ディーエヌエー》や植物《しょくぶつ》のタネを、そのままの形《かたち》で厳重《げんじゅう》に冷凍保存《れいとうほぞん》しておく研究施設《けんきゅうしせつ》さ。絶滅《ぜつめつ》した動物《どうぶつ》や植物《しょくぶつ》なんかを、実験《じっけん》で再生《さいせい》させようともしている。サンディエゴの動《どう》物園《ぶつえん》の施設《しせつ》なんかが有名《ゆうめい》だな」

「へえ〜、すごいっスね！」

「バイカル湖《こ》は生態系《せいたいけい》が豊富《ほうふ》だからな。それにここの冷凍動物園《れいとうどうぶつえん》の保管庫《ほかんこ》には、『冷凍《れいとう》された宇宙人《うちゅうじん》のＤＮＡ《ディーエヌエー》』が保管《ほかん》されてるってウワサもある。これが今回《こんかい》のターゲットなのさ！」

ジョーカーたちは水路《すいろ》を上《うえ》へと泳《およ》ぎ始《はじ》めた。その先《さき》に小《ちい》さく水面《すいめん》が見《み》えている。ジョーカーによると地上《ちじょう》から入《はい》るよりも、中《なか》まで楽《らく》にたどり着《つ》けるとのことだ。

「宇宙人《うちゅうじん》のDNA《ディーエヌエー》……、なんかうさん臭《くさ》い話《はなし》っスね」

「ホッシー？」

「あ、ホッシーも宇宙《うちゅう》から来《き》たんスね。じゃああり得《え》るかもしれないっス」

「さあ、そろそろ着《つ》くぞ。この上《うえ》が保管庫《ほかんこ》だ！」

ジョーカーは水面《すいめん》から顔《かお》を出《だ》すと、その頭上《ずじょう》にある丸《まる》いフタをグッと押《お》した。鉄製《てっせい》のフタがギギギと鈍《にぶ》い音《おと》を立《た》てて開《ひら》く。ジョーカーとハチ、ホッシーの3人《にん》は保管庫《ほかんこ》の中《なか》へ勢《いきお》いよく飛《と》び込《こ》み、並《なら》んでポーズを決《き》めた。

「侵入成功《しんにゅうせいこう》っ！」

「成功《せいこう》っ！」

と、叫《さけ》んだジョーカーとハチの二人《ふたり》の手《て》の先《さき》は、なぜか真《ま》っ黒《くろ》の平《ひら》べったいヒレのような形《かたち》になっていた。それもそのはず、二人《ふたり》の耐寒潜水《たいかんせんすい》スーツは、ペンギンのきぐるみの形《かたち》をしていたからだ。

「……なんでペンギンなんスか？　ジョーカーさん」

頭《あたま》まですっぽりと小柄《こがら》なアデリーペンギンをかぶったハチがたずねる。

「そりゃ〜、寒《さむ》い所《ところ》にいるといえばペンギンだろ？　シロクマってアイデアもあったけどな！」

こちらは頭《あたま》から足元《あしもと》までコウテイペンギンのきぐるみを着《き》たジョーカーが答《こた》えた。

「でもペンギンだって、どこにもいないじゃないっスか？」

ハチが見回《みまわ》すと、そこは殺風景《さっぷうけい》な広々《ひろびろ》とした倉庫《そうこ》だった。白《しろ》い壁《かべ》にそって銀色《ぎんいろ》のタンクがずっと奥《おく》の方《ほう》まで並《なら》んでいる。きっとそれぞれに冷凍保存《れいとうほぞん》されたDNA《ディーエヌエー》や種子《しゅし》が入《はい》っているのだろう。階段《かいだん》をのぼって倉庫《そうこ》を見下《みお》ろせる中二階《ちゅうにかい》のようなところに、研究《けんきゅう》に使《つか》われる機械類《きかいるい》が設置《せっち》されていた。

「たしかに……氷漬《こおりづ》けのサーベルタイガーみたいな派手《はで》なのはないみたいだな」

ジョーカーも残念《ざんねん》そうにつぶやいた。

「どうして怪盗《かいとう》エリアンスはこんなところをターゲットに選《えら》んだんスかね？」

「さあな。スペードの言《い》ってることが正《ただ》しいとすれば、ここも悪党《あくとう》がいる研究所《けんきゅうじょ》ってことになるけど……」

その時《とき》だった。

「ペ、ペンギンだと〰〰っ！」

と素《す》っ頓狂《とんきょう》な声《こえ》が聞《き》こえた。

同時《どうじ》に、中二階《ちゅうにかい》からダダダ！　と男《おとこ》が駆《か》け下《お》りてくる。男《おとこ》はジョーカーとハチに飛《と》びついて、不思議《ふしぎ》そうにベタベタと触《さわ》り始《はじ》めた。

「な、なんと、こんなところに巨大《きょだい》なペンギンがいるとは！　これはもしかして未知《みち》の生《せい》物《ぶつ》……？　い、いや宇宙《うちゅう》から来《き》た生命体《せいめいたい》か!?」

「な、なんだあ〜？」

とジョーカーは頭《あたま》のきぐるみを取《と》った。

目《め》の前《まえ》の男《おとこ》と目《め》が合《あ》った。

派手《はで》な長髪《ちょうはつ》に色《いろ》の入《はい》ったメガネ、その奥《おく》のするどい目《め》からは、自信《じしん》に満《み》ちあふれた光《ひかり》が輝《かがや》いている。科学者特有《かがくしゃとくゆう》の白衣《はくい》を身《み》につけているが、なぜか肩《かた》には薄《うす》いピンクのファーが揺《ゆ》れていた。

その顔《かお》は見《み》たことがある。ジョーカーが大声《おおごえ》をあげた。

「ド、ドクターネオ!?」

「き、貴様《きさま》！　怪盗《かいとう》ジョーカーか！」

ジョーカーとハチはきぐるみを脱《ぬ》ぎ捨《す》て、ジャンプして距離《きょり》をとった。

「ドクターネオ、ここはお前《まえ》の研究所《けんきゅうじょ》だったのか!?」

ジョーカーはネオをにらみつけた。

ドクターネオは、かつてジョーカーが戦《たたか》った科学者《かがくしゃ》だった。宇宙《うちゅう》をこよなく愛《あい》する一方《いっぽう》で、フェニックスとホッシーを狙《ねら》い、その命《いのち》を奪《うば》おうとしていた。だが、その計画《けいかく》はジョーカーたちによって暴《あば》かれ、今《いま》はお縄《なわ》になっていたはずだが……。

「お前《まえ》は警察《けいさつ》に突《つ》き出《だ》したはずだぞ！」

「ハハハッ！　問題《もんだい》ない！　私《わたし》の頭脳《ずのう》と協力者《きょうりょくしゃ》を使《つか》えば、造作《ぞうさ》もなく自由《じゆう》の身《み》になることができるのだ！　フェニックスはいなくなったが、私《わたし》は今一度《いまいちど》ここで研究《けんきゅう》をつづけている！　絶滅生物《ぜつめつせいぶつ》たちを復活《ふっかつ》させ、同時《どうじ》にかつて宇宙《うちゅう》から来《き》た宇宙人《うちゅうじん》をも復活《ふっかつ》させる。今《いま》の宇宙人《うちゅうじん》がダメなら、過去《かこ》の宇宙人《うちゅうじん》だ～！」

ネオは歓喜《かんき》の声《こえ》を上《あ》げて、くるくると回《まわ》った。

そのはずみで頭《あたま》にのった髪《かみ》の毛《け》が落《お》ちそうになって、あわてて元《もと》の位置《いち》に戻《もど》す。ドクターネオはかつらをかぶっているのだ。

「ヅラ博士《はかせ》め……！」

ジョーカーはグッとにらみつける。

そうか。だから、『冷凍《れいとう》された宇宙人《うちゅうじん》のＤＮＡ《ディーエヌエー》』がターゲットだったたってことか……。

たしかにドクターネオほどの悪党《あくとう》ならば、怪盗《かいとう》エリアンスのターゲットとして選《えら》ばれてもおかしくない。その研究《けんきゅう》は、監視《かんし》しなければならないはずだ。

ということはやっぱり……。

ジョーカーの考《かんが》えが確信《かくしん》にいたった時《とき》、叫《さけ》び声《ごえ》が聞《き》こえた。

「ドクターネオ、君《きみ》が怪盗《かいとう》エリアンスの黒幕《くろまく》か！」

「ロコを返《かえ》しなさい！」

するどい剣《けん》によって研究所《けんきゅうじょ》の壁《かべ》が丸《まる》く切《き》り抜《ぬ》かれ、穴《あな》の奥《おく》から現《あらわ》れたのはスペードとクイーンだった。ジョーカーたちから少《すこ》し遅《おく》れて、研究所《けんきゅうじょ》へたどり着《つ》いたのだ。どうやら地《ち》上《じょう》から強引《ごういん》にやってきたようで、穴《あな》の向《む》こうでは警報《けいほう》が鳴《な》っていた。

スペードとクイーンはジョーカーのとなりに並《なら》び立《た》ち、それぞれネオに向《む》かって、アイスショットと剣《けん》を構《かま》えた。

「ドクターネオ、君《きみ》がこんなところにいるとは思《おも》わなかったよ。おそらく、なんらかの理《り》由《ゆう》で、怪盗《かいとう》エリアンスを通《つう》じて僕《ぼく》らにお宝《たから》をいただくよう指令《しれい》を出《だ》していたのだろう。そして、最後《さいご》は自分《じぶん》の居場所《いばしょ》をターゲットにして、僕《ぼく》らを葬《ほうむ》り去《さ》ろうとした……」

「ロコをさらったのはどうしてなの！」

ネオは面食《めんく》らったように、二人《ふたり》の侵入者《しんにゅうしゃ》を見《み》つめている。

「……君《きみ》たちが何《なに》を言《い》っているかわからないな」

ネオは理解不能《りかいふのう》だ、と言《い》わんばかりに肩《かた》をすくめて首《くび》を振《ふ》る。

「なぜ私《わたし》が君《きみ》たち怪盗《かいとう》ごときに指令《しれい》を出《だ》さなければいけないんだ？　そんな必要《ひつよう》はない」

「いいから白状《はくじょう》したらどうだい？」

「知《し》らないことを学《まな》ぶのは得意《とくい》だが、知《し》らないことを話《はな》すことはできんね」

ネオはうんざりしたように、言葉《ことば》を返《かえ》した。

一方《いっぽう》で、ジョーカーは思《おも》っていた。

違《ちが》う……。

ネオが怪盗《かいとう》エリアンスの黒幕《くろまく》ならば、ここで隠《かく》す必要《ひつよう》はない。

おそらくネオも金有《かねあり》たちと同様《どうよう》、数《かず》あるターゲットの中《なか》に選《えら》ばれた者《もの》の一人《ひとり》だ。

だとしたら……。

その時《とき》、おなじみのダミ声《ごえ》が部屋《へや》にひびいた。

「激逮捕《げきたいほ》〰〰っ！　怪盗《かいとう》どもめ〰〰っ！」

「！」

「ま、また鬼山警部《おにやまけいぶ》っスか！」

ハチの予想《よそう》どおり、扉《とびら》が開《あ》いて部屋《へや》へ躍《おど》り込《こ》んできたのは、鬼山《おにやま》、ギンコ、モモの3人《にん》だった。ジョーカーは待《ま》ち構《かま》えていたかのように声《こえ》をかける。

「へへ〜、やっと来《き》たな。鬼山警部《おにやまけいぶ》！」

「怪盗《かいとう》ジョーカー！　今回《こんかい》こそ今回《こんかい》こそ今回《こんかい》こそ……激逮捕《げきたいほ》だ〜っ！」

鬼山《おにやま》はおなじみの言葉《ことば》を叫《さけ》んだ直後《ちょくご》、ネオに目《め》を向《む》けて驚《おどろ》く。

「なっ！　お前《まえ》はドクターネオ!?　貴様《きさま》も激逮捕《げきたいほ》だ――っ！」

「チッ、警察《けいさつ》の犬《いぬ》か。今日《きょう》は厄介者《やっかいもの》ばかり来訪《らいほう》するな！」

ネオは舌打《したう》ちして、階段《かいだん》を駆《か》け上《のぼ》っていく。

「全員《ぜんいん》、ここで凍《こご》え死《し》ぬがいい！　絶滅動物《ぜつめつどうぶつ》たちと一緒《いっしょ》にな！」

そう叫《さけ》ぶと、ネオは機械《きかい》のスイッチを入《い》れ、扉《とびら》の奥《おく》へ消《き》えた。グオングオンと大《おお》きな音《おと》が聞《き》こえて、部屋《へや》じゅうが急激《きゅうげき》に冷《ひ》やされ始《はじ》める。

「こ、これって!?」

「部屋全体《へやぜんたい》が冷凍庫《れいとうこ》になっちまったのか？」

「な、なんだとぉ!?」

するとスペードが叫《さけ》んだ。

「みんな！　僕《ぼく》らが入《はい》ってきた穴《あな》から逃《に》げるんだ！」

スペードを筆頭《ひっとう》に、一同《いちどう》はクイーンが剣《けん》であけた穴《あな》に向《む》かって走《はし》っていく。

が、ガチャン！　という音《おと》とともに、穴《あな》は鉄壁《てっかべ》で閉《と》じられてしまった。どうやら壁《かべ》は二重《にじゅう》の造《つく》りになっていたようだ。

「しまった！」

ジョーカーたちは完全《かんぜん》に部屋《へや》に閉《と》じ込《こ》められてしまったらしい。その間《あいだ》にも、どんどん部屋《へや》の温度《おんど》は下《さ》がっていく。

スペードがSOS《エスオーエス》信号《しんごう》を発《はっ》して、外《そと》にいるダークアイに連絡《れんらく》しようとするが、その電波《でんぱ》は壁《かべ》に遮《さえぎ》られて届《とど》かない。スペードは悔《くや》しげにつぶやく。

「万事休《ばんじきゅう》すか……」

しかし、ジョーカーだけは別《べつ》だった。

「さて、んじゃ『冷凍《れいとう》された宇宙人《うちゅうじん》のDNA《ディーエヌエー》』をいただくかな♪　どこにあるんだ〜？」

と軽妙《けいみょう》に飛《と》び跳《は》ねると、キョロキョロあたりを見回《みまわ》す。

「なに言《い》ってるんスか、ジョーカーさん！」

「急《いそ》がないと凍《こご》えちゃうわよ！」

「急《いそ》いだって急《いそ》がなくったたって同《おな》じさ。それよりオレは、怪盗《かいとう》エリアンスのターゲットをいただくのが一番大事《いちばんだいじ》だ！」

「はぁぁぁっ⁉」

全員《ぜんいん》がいっせいにジョーカーに向《む》かって叫《さけ》んだ。

一瞬《いっしゅん》であらん限《かぎ》りの罵詈雑言《ばりぞうごん》がジョーカーに浴《あ》びせられたが、ジョーカーはそれを一蹴《いっしゅう》する。

「オレはなんとしても一位《いちい》になって、〝世界《せかい》のナンバーワン怪盗《かいとう》〟の称号《しょうごう》を手《て》に入《い》れるんだ！」

「そんなのどうだっていいじゃない！　早《はや》くここから逃《に》げなきゃダメよ！」

クイーンはジョーカーに突《つ》っかかった。するとジョーカーは、ぼそっとクイーンに耳打《みみう》ちする。

「え……？」

「んじゃオレはターゲットのお宝《たから》を探《さが》してくるぜ♪」

そう言《い》って、ジョーカーはニヤッと笑《わら》い、扇形《おうぎがた》にトランプのカードを構《かま》えた。

「どんなに寒《さむ》くたって、光《ひかり》には関係《かんけい》ないからな。『ストレート・フラッシュ』！」

ジョーカーの持《も》ったカードがまばゆく輝《かがや》いた。ハートのA《エース》、2《デュース》、3《トレイ》、4《ケイト》、5《シンク》の5枚《まい》のカードから放《はな》たれるするどい光《ひかり》で、相手《あいて》の目《め》をくらませるジョーカーの得意技《とくいわざ》だ。

「くっ……！」

全員《ぜんいん》の目《め》が一瞬《いっしゅん》見《み》えなくなった隙《すき》に、ジョーカーはその姿《すがた》を消《け》す。

「なっ⁉」

鬼山《おにやま》があわてて、あたりを見回《みまわ》した。

「ジョーカー！　どこだ〜！」

そう叫《さけ》ぶと、鬼山《おにやま》の部屋《へや》の奥《おく》の方《ほう》へ向《む》けて走《はし》っていってしまった。ギンコとモモも「警《けい》部《ぶ》！」と後《あと》につづく。

「ジョーカーさん！」

ハチも奥《おく》へ向《む》かおうとするが、その体《からだ》をクイーンが止《と》める。

「ダメよ、ハチくん。逃《に》げなきゃ！」

「でも……でも……ジョーカーさんが！」

「ジョーカーなら大丈夫《だいじょうぶ》。さっき逃《に》げる方法《ほうほう》を聞《き》いたのよ。貴方《あなた》たちが入《はい》ってきたのはどこなの？」

「あっ！　そうっス！　オイラたちはあのフタの先の水路《すいろ》から入《はい》ってきたんス！」

ハチが指差《ゆびさ》した先《さき》に、鉄製《てっせい》の丸《まる》いフタがあった。すでにフタの縁《ふち》は凍《こお》り始《はじ》めているが、スペードとクイーンが力《ちから》まかせに引《ひ》っぱって、フタをこじ開《あ》ける。

すかさずクイーンが中《なか》へ飛《と》び込《こ》むと水《みず》の音《おと》が聞《き》こえた。どうやらまだ水路《すいろ》は凍《こお》っていないらしい。

「大丈夫《だいじょうぶ》、来《き》て！」

クイーンの後《あと》にスペード、ホッシーとつづいていく。ハチは「ジョーカーさん……」と後《うし》ろ髪《がみ》を引《ひ》かれながら、中《なか》へ飛《と》び込《こ》んだ。

冷《つめ》たい水《みず》の中《なか》へ飛《と》び込《こ》むと同時《どうじ》に、ホッシー以外《いがい》の3人《にん》はジョーカーが入《はい》ってきた時《とき》と同《おな》じように、イメージガムで作《つく》った潜水《せんすい》スーツを身《み》につける。今回《こんかい》はペンギンのデザインではなく、いたって普通《ふつう》の潜水服《せんすいふく》だ。

水《みず》の中《なか》を泳《およ》いでいくが、ハチは先《さき》ほどよりも水《みず》は冷《つめ》たくなったように感《かん》じていた。腕《うで》についた水温計《すいおんけい》で温度《おんど》を確認《かくにん》しながら、ひたすら前《まえ》へ泳《およ》ぐ。

「ジョーカーさんは、大丈夫《だいじょうぶ》なんスか……？」

「ええ、安心《あんしん》して。何度《なんど》も『奇跡《きせき》』を起《お》こしてきたもの」

「そうっスけど……」

「大丈夫《だいじょうぶ》さ。『奇跡使い《ミラクル・メイカー》』と呼《よ》ばれているのは伊達《だて》じゃないよ」

ハチを励《はげ》まそうとしてくれているのか、スペードも珍《めずら》しくジョーカーのことを褒《ほ》める。

「ホッシー♪」

ホッシーもハチの正面《しょうめん》に回《まわ》り込《こ》んで笑顔《えがお》を作《つく》った。

「ありがとうっス、ホッシー。そうっスよね、ジョーカーさんならきっと大丈夫《だいじょうぶ》っス！」

ハチはスーツに包《つつ》まれた手《て》をグッと握《にぎ》って、泳《およ》ぐスピードを上《あ》げた。

水路《すいろ》も半分《はんぶん》ほど来《き》ただろうか。泳《およ》ぐ手《て》がどこか重《おも》くなり、スペードの腕《うで》についていた水《すい》温計《おんけい》がピカピカと赤《あか》く点滅《てんめつ》し始《はじ》めた。

「これは……まずいな」

スペードは、静《しず》かにつぶやく。

「どうやらこの水路《すいろ》へ冷気《れいき》が流《なが》れ込《こ》んで、水温《すいおん》が急激《きゅうげき》に下《さ》がっているらしい。0℃を下回《したまわ》ったら、水《みず》が凍《こお》ってしまう」

「そんな……！　いくらなんでも凍《こお》ったら進《すす》めないわ。出口《でぐち》はまだなの？」

「今《いま》、半分《はんぶん》くらい来《き》たところっス！」

「ふむ……ギリギリ間《ま》に合《あ》わないな」

スペードは水温計《すいおんけい》を見《み》ながら、瞬時《しゅんじ》に計算《けいさん》する。

「どうするのよ、スペード」

「むう……」

スペードが考《かんが》えていると、その視界《しかい》に「ホッシー♪」とのんきな顔《かお》をして、ふわふわと浮《う》かんでいるホッシーの姿《すがた》が目《め》に入《はい》った。

「ホッシーか……。そうだ、ハチくん、ホッシーの好物《こうぶつ》は持《も》って来《き》ているかい？」

何《なに》かを思《おも》いついた様子《ようす》で、スペードがたずねる。

「好物《こうぶつ》って金平糖《コンペイトー》っスか？　持《も》ってるっスけど……」

「それだ！　その金平糖《コンペイトー》を今《いま》すぐ水《みず》の中《なか》に撒《ま》いてくれ！」

「へ？」

「いいから早《はや》く！」

ハチはスペードに言《い》われるまま、金平糖《コンペイトー》を袋《ふくろ》から水《みず》の中《なか》へ撒《ま》き散《ち》らす。たちまち3人《にん》のまわりは金平糖《コンペイトー》だらけになった。ふわふわと舞《ま》っている金平糖《コンペイトー》を「ホッシー♪」と嬉《うれ》しそうにホッシーが食《た》べ始《はじ》めた。

水温計《すいおんけい》の点滅《てんめつ》スピードが上《あ》がってくる。

「スペードさん、そろそろ０℃になっちゃうっス！」

「クイーン！　ミスター金有《かねあり》の家《いえ》で使《つか》っていた竜巻《たつまき》で、金平糖《コンペイトー》を水《みず》に溶《と》かしてくれ！」

「ええ!?　ここで？」

「いいから早《はや》く！」

「わかったわ、ちょっと目《め》が回《まわ》るわよ！　『ダイヤモンド・スピン』！」

クイーンは剣《けん》を構《かま》えて、その場《ば》で猛《もう》スピードで回《まわ》り始《はじ》めた。クイーンを中心《ちゅうしん》にまるで洗濯機《せんたくき》のように水《みず》が回転《かいてん》し金平糖《コンペイトー》がどんどん溶《と》けていく。気《き》がついた時《とき》には、金平糖《コンペイトー》はすっかりあたりからなくなってしまった。

「よし！　これでカンペキだ！」

「ホッシー……」

ホッシーが寂《さび》しそうにつぶやく一方《いっぽう》で、ハチが水温計《すいおんけい》を見《み》て声《こえ》をあげた。

「あれ？　もう０℃以下《いか》になってるのに、水《みず》が凍《こお》らないっス！」

水温計《すいおんけい》の表示《ひょうじ》はすでにマイナスに入《はい》っていた。水温《すいおん》はさらに下《さ》がっていくにもかかわらず、水《みず》が氷《こおり》に変《か》わる気配《けはい》はない。

「不思議《ふしぎ》ね。どういうことなの？」

「これは『凝固点降下《ぎょうこてんこうか》』っていう現象《げんしょう》さ。通常《つうじょう》の水《みず》は0℃になると凍《こお》ってしまう。でも塩《しお》や砂糖《さとう》などを溶《と》かした水溶液《すいようえき》は、0℃になっても凍《こお》らないんだ。たとえば南極《なんきょく》の海水《かいすい》は氷《ひょう》点下《てんか》の水温《すいおん》らしいよ。砂糖《さとう》が入《はい》ったシロップなども凍《こお》りにくいし、雪国《ゆきぐに》では道路《どうろ》に塩《しお》を撒《ま》いて、水《みず》が氷《こおり》になる温度《おんど》を下《さ》げたりもするのさ」

「へえ～、そうなんスか」

ハチが感心《かんしん》しながら泳《およ》いでいると、先《さき》に出口《でぐち》が見《み》えてきた。

「出口《でぐち》っス！」

「よかった、間《ま》に合《あ》ったわ！」

スペードたちは急《いそ》いで泳《およ》ぎ、すっかり冷《つめ》たくなった水路《すいろ》から脱出《だっしゅつ》する。

すると水路《すいろ》の先《さき》の湖《みずうみ》のなかで、潜水艇《せんすいてい》が待機《たいき》していた。操縦席《そうじゅうせき》の窓《まど》から必死《ひっし》に手《て》を振《ふ》っているのはダークアイだ。どうやらスペードのSOS《エスオーエス》信号《しんごう》が届《とど》いたらしい。

3人《にん》とホッシーは潜水艇《せんすいてい》に救助《きゅうじょ》され、水面《すいめん》の上《うえ》に出《で》た。

「ジョーカーさん……」

夜《よる》の闇《やみ》のなか、湖面《こめん》に浮《う》かぶ船《ふね》の窓《まど》から、ハチは研究所《けんきゅうじょ》を心配《しんぱい》そうに見《み》つめる。

その時《とき》、スペードの端末《たんまつ》にピピピとメッセージが入《はい》った。スペードは端末《たんまつ》の画面《がめん》を見《み》て、ニヤリと笑《わら》う。

「ハチくん、ジョーカーなら大丈夫《だいじょうぶ》のようだよ」

「え？」

スペードが見《み》せた画面《がめん》には、『お宝《たから》のついでに、黒幕《くろまく》をとっちめてくるぞ！　ジョーカー』と書《か》かれていた。

9 本当《ほんとう》の黒幕《くろまく》

国際怪盗対策機構《こくさいかいとうたいさくきこう》の本部《ほんぶ》は、スイスの郊外《こうがい》に建《た》つ大《おお》きなビルの中《なか》にあった。

そのフロアには、世界中《せかいじゅう》の警察《けいさつ》から派遣《はけん》されてきた者《もの》や、専門《せんもん》の職員《しょくいん》たちが働《はたら》いており、さらには最新《さいしん》のセキュリティがほどこされている。

日本《にほん》の警察《けいさつ》からも、鬼山《おにやま》や不動《ふどう》のほかに数名《すうめい》の警察官《けいさつかん》が怪盗対策機構《かいとうたいさくきこう》へ出向《しゅっこう》して来《き》ている。

「不動警部殿《ふどうけいぶどの》。このたびは、怪盗《かいとう》ジョーカーを逃《のが》してしまい、申《もう》し訳《わけ》ございません」

鬼山《おにやま》は不動《ふどう》の部屋《へや》で深々《ふかぶか》と頭《あたま》を下《さ》げた。

「ドクターネオの研究室《けんきゅうしつ》から、証拠物件《しょうこぶっけん》として『冷凍《れいとう》された宇宙人《うちゅうじん》のDNA《ディーエヌエー》』は回収《かいしゅう》してまいりました。これでまたジョーカーに狙《ねら》われることはないはずです」

と言《い》って、鬼山《おにやま》はファイルにとじた報告書《ほうこくしょ》を手渡《てわた》した。不動《ふどう》はファイルを受《う》け取《と》って、テーブルの上に置《お》く。

「結構《けっこう》です。また今度《こんど》、頑張《がんば》りましょう。怪盗《かいとう》ジョーカーを捕《つか》まえることは、貴方《あなた》だけでなく、世界中《せかいじゅう》の警察《けいさつ》の悲願《ひがん》ですから」

不動《ふどう》はその柔《やわ》らかい微笑《ほほえ》みを崩《くず》さずに言《い》った。

頭《あたま》を上《あ》げた鬼山《おにやま》は動《うご》こうとせず、不動《ふどう》をじっと見《み》つめている。それに気《き》づいた不動《ふどう》がたずねた。

「まだ何《なに》か報告《ほうこく》がありますか？　鬼山警部《おにやまけいぶ》」

「ええ。一《ひと》つお聞《き》きしたいことがありまして……」

「なんでしょう？」

「不動警部《ふどうけいぶ》は、『怪盗《かいとう》エリアンス』というゲームをご存《ぞん》じですか？」

すると不動《ふどう》はわずかにその表情《ひょうじょう》を変《か》えた。

「はい。もちろん知《し》っています。世界中《せかいじゅう》の怪盗《かいとう》が興《きょう》じているソーシャルゲームですよね。怪盗《かいとう》ジョーカーたちも参加《さんか》しているとか」

「『怪盗《かいとう》エリアンス』は、ゲームの運営者《うんえいしゃ》がヒントを出《だ》し、その答《こた》えとなるお宝《たから》をいただいてくるゲームです。一方《いっぽう》で、私《わたし》がこのところ行《い》っていた現場《げんば》はすべて、不動警部《ふどうけいぶ》の指示《しじ》のもとで向《む》かっていた場所《ばしょ》です。その場所《ばしょ》と、怪盗《かいとう》エリアンスのターゲットについて、私《わたし》なりに思《おも》うことがありまして……」

「おや、なんでしょうか？」

「警部《けいぶ》が指示《しじ》した場所《ばしょ》はすべて、怪盗《かいとう》エリアンスのヒントの答《こた》えと一致《いっち》していました」

「なるほど……。私《わたし》の予想《よそう》とそのゲームのターゲットとが、偶然《ぐうぜん》に一致《いっち》していたようですね」

「果《は》たして偶然《ぐうぜん》、でしょうか……？」

と鬼山《おにやま》は不動《ふどう》をぐっと見上《みあ》げる。

その瞳《ひとみ》は、何《なに》かを疑《うたが》うような鈍《にぶ》い輝《かがや》きを放《はな》っていた。

「どういう意味《いみ》ですか？」

不動《ふどう》はまったく表情《ひょうじょう》を変《か》えずに、鬼山《おにやま》を見下《みお》ろした。

表情《ひょうじょう》こそ変《か》わっていないが、その微笑《ほほえ》みの中《なか》に先《さき》ほどのような優《やさ》しさは見《み》えない。

「……不動警部《ふどうけいぶ》は、怪盗《かいとう》エリアンスのターゲットを事前《じぜん》に知《し》っていたのではないですか？」

「私《わたし》がですか？　なんのことかわかりませんね。そんな得体《えたい》の知《し》れないゲームのことなど知《し》るはずがない」

「……ターゲットを知《し》っていた、という表現《ひょうげん》はおかしかったかもしれないですね。ではこうお聞《き》きしましょう。不動警部《ふどうけいぶ》が、怪盗《かいとう》エリアンスのターゲットとなるお宝《たから》を選《えら》んでいたのではないですか？」

「…………」

不動《ふどう》はじっと黙《だま》って鬼山《おにやま》を見《み》つめた。

鬼山《おにやま》は視線《しせん》を外《はず》さずに、不動《ふどう》をにらみつけている。鬼山《おにやま》の瞳《ひとみ》も、先《さき》ほどまでとは違《ちが》うすごみが増《ま》している。

不動《ふどう》はつぶやいた。

「意味《いみ》がわかりませんね……。鬼山警部《おにやまけいぶ》、貴方《あなた》は何《なに》が言《い》いたいんでしょうか？」

「……だったら、ハッキリと言《い》わせてもらうぜ！」

突然《とつぜん》、鬼山《おにやま》の口調《くちょう》が変《か》わり、その体《からだ》がぷぅっとふくれ始《はじ》めた。鬼山《おにやま》はみるみるうちに丸《まる》くふくれ上《あ》がって、パン！　と音《おと》を立《た》ててはじけた。

その中《なか》から、真《ま》っ赤《か》なスーツに身《み》を包《つつ》んだ少年《しょうねん》が現《あらわ》れる。

「か、怪盗《かいとう》ジョーカー!?」

不動《ふどう》は驚《おどろ》いて声《こえ》を上《うわ》ずらせた。

「ご名答《めいとう》！」

ジョーカーはニッと笑《わら》うと、不動《ふどう》をビシっと指差《ゆびさ》す。

「不動仏滅《ふどうぶつめつ》！　お前《まえ》が『怪盗《かいとう》エリアンス』の運営者《うんえいしゃ》だ！」

「何《なに》を……!?　こ、根拠《こんきょ》があるのですか？」

「根拠《こんきょ》ならいくらでもあるさ！　まず疑《うたが》いを持《も》ったのは、鬼山警部《おにやまけいぶ》がやけにターゲットのお宝《たから》の場所《ばしょ》へ来《く》るのが早《はや》かったことだ。次《つぎ》に、ゲームのターゲットとなったお宝《たから》の持《も》ち主《ぬし》の共通点《きょうつうてん》。カナダの豪族《ごうぞく》、サウジアラビアの石油王《せきゆおう》、メキシコのマフィア、ミスター金有《かねあり》からドクターネオまで……、すべて悪党《あくとう》ばかりだ。そいつらからなぜお宝《たから》をいただこうとしているか。悪党《あくとう》を一番目《いちばんめ》の敵《かたき》にしているのは誰《だれ》か？　そう考《かんが》えた時《とき》に、ピンときたんだ。そう……悪党《あくとう》を敵《てき》とみなしているのは、お前《まえ》たち警察《けいさつ》だってことがな！」

「………」

「それにこないだ怪盗《かいとう》エリアンスから送《おく》られてきたメッセージには、『石面《いしめん》への対処《たいしょ》はお見事《みごと》でした』って書《か》いてあった。あの現場《げんば》、そしてあの彫刻《ちょうこく》を『石面《いしめん》』って呼《よ》んだところを見《み》てるのはシャドウ以外《いがい》は、鬼山警部《おにやまけいぶ》たちだけ。つまり、怪盗《かいとう》エリアンスの運営者《うんえいしゃ》は鬼《おに》山警部《やまけいぶ》に関係《かんけい》した人物《じんぶつ》ってことだ！　きっと鬼山警部《おにやまけいぶ》のバッジに隠《かく》しカメラでも仕込《しこ》んでたんだろう。それでオレの行動《こうどう》を見《み》ていたから、ついそのことを書《か》いちまったんだ！」

「…………」

不動《ふどう》は黙《だま》り込《こ》む。そしてゆっくりとジョーカーに背《せ》を向《む》け、窓《まど》の外《そと》を見《み》つめた。

「語《かた》るに落《お》ちたってのはこのことだな。お前《まえ》は、怪盗《かいとう》エリアンスというゲームを使《つか》って、オレたち怪盗《かいとう》にお宝《たから》を狙《ねら》わせた。それによって悪党《あくとう》どもにダメージを与《あた》えようとしていたんだ！　さあ白状《はくじょう》しろ！　不動警部《ふどうけいぶ》！」

「…………」

ジョーカーが語《かた》り終《お》えると、不動《ふどう》はその背中《せなか》を震《ふる》わせて笑《わら》い始《はじ》めた。

「ふふ、ふふふふふ……ハハハ！　そうですよ！　私《わたし》が怪盗《かいとう》エリアンスを運営《うんえい》していました！」

不動《ふどう》がバッと振《ふ》り返《かえ》る。

先《さき》ほどまでの微笑《びしょう》は消《き》え、その顔《かお》にはあざけるような笑《わら》いが浮《う》かんでいた。

「しかし甘《あま》いですね、ジョーカー！　怪盗《かいとう》エリアンスの目的《もくてき》はそんなちっぽけなものではありません。悪党《あくとう》たちがたった一《ひと》つ、お宝《たから》を奪《うば》われたところで、なんのダメージにもなりません！　犯罪者《はんざいしゃ》たちにはもっと強《つよ》い罰《ばつ》を与《あた》えなければならない！　私《わたし》はさらに先《さき》を見越《みこ》

しているのです！」

「なんだと……？」

ジョーカーは不動《ふどう》をにらみつける。

「お宝《たから》をいただいた時《とき》、お前《まえ》たちが代《か》わりに置《お》いてきた小《ちい》さな金貨《きんか》があるでしょう？」

そう言《い》うと、不動《ふどう》は金貨《きんか》を取《と》り出《だ》して机《つくえ》の上《うえ》に置《お》いた。

「これはお宝《たから》の代《か》わりとなる金貨《きんか》などではありません。高性能《こうせいのう》のカメラとマイク、GPS《ジーピーエス》などが仕込《しこ》まれている監視《かんし》システムの端末《たんまつ》なのです。金貨《きんか》は自走《じそう》して、その施設《しせつ》の隙間《すきま》に入《はい》り込《こ》み、情報《じょうほう》を送《おく》りつづけます」

すると机《つくえ》の上《うえ》の金貨《きんか》が動《うご》き出《だ》した。まるでエアホッケーのパックのようにスルスルと机《つくえ》の上《うえ》を滑《すべ》って、床《ゆか》を転《ころ》がり、壁《かべ》の隙間《すきま》へと消《き》えていく。

「わわ、なんだこれ!?」

驚《おどろ》くジョーカーの前《まえ》で、不動《ふどう》はゆっくりと語《かた》り始《はじ》めた。

「怪盗《かいとう》エリアンスの真《しん》の目的《もくてき》は、『犯罪者《はんざいしゃ》たちの監視《かんし》』です。われわれ警察《けいさつ》が簡単《かんたん》には入《はい》り込《こ》めない犯罪者《はんざいしゃ》の隠《かく》れ家《が》へ、怪盗《かいとう》が侵入《しんにゅう》し、監視端末《かんしたんまつ》を置《お》いてくる。それが本当《ほんとう》の目的《もくてき》なのです」

「監視《かんし》……だと？」

ジョーカーはじっと話《はなし》を聞《き》いている。

「怪盗《かいとう》たちがばらまいた監視《かんし》システムを使《つか》って、犯罪者《はんざいしゃ》たちをこの先《さき》も監視《かんし》する。そしてそのシステムを使《つか》えば、さらに今後《こんご》、お前《まえ》たち怪盗《かいとう》たちまでも監視《かんし》することができるようになるのです！　お前《まえ》たちは知《し》らないうちに、己《おのれ》を見張《みは》るためのシステムを完成《かんせい》させる手《て》助《だす》けをしていたということなのですよ！　なんと痛快《つうかい》な！　ハッハッハッハ！」

不動《ふどう》は両手《りょうて》を広《ひろ》げて、高《たか》らかに笑《わら》う。その背後《はいご》の窓《まど》から太陽《たいよう》の光《ひかり》がさして、後光《ごこう》のように輝《かがや》いた。光《ひかり》の美《うつく》しさとは裏腹《うらはら》に、不動《ふどう》の顔《かお》には不気味《ぶきみ》な表情《ひょうじょう》が浮《う》かんでいる。

「しかも警察《けいさつ》は関係《かんけい》ありません！　すべては私《わたし》の考《かんが》えですよ。鬼山《おにやま》すら、その実態《じったい》は知《し》りません！」

「……だろうな。鬼山警部《おにやまけいぶ》がこんなこずるい手《て》を気《き》に入《い》るはずがない。鬼山警部《おにやまけいぶ》はアンタと違《ちが》って、オレに真《ま》っ直《す》ぐ挑《いど》んでくる。だからオレはいつだって真剣勝負《しんけんしょうぶ》を受《う》けるんだ。アンタにはその価値《かち》もないね」

「なに……」

不動《ふどう》はギロリとジョーカーをにらみつける。

「アンタを許《ゆる》すわけにはいかない。これから勝負《しょうぶ》を挑《いど》むぞ！」

そう叫《さけ》ぶと、ジョーカーは懐《ふところ》から出《だ》したカードにさらさらとペンを走《はし》らせると、不動《ふどう》に向《む》かって投《な》げつけた。

不動《ふどう》はカードを受《う》け止《と》めると、その文面《ぶんめん》に目《め》を走《はし》らせる。

☆　予告状《よこくじょう》！　☆

『今夜《こんや》、怪盗対策機構《かいとうたいさくきこう》の本部《ほんぶ》ビルより、怪盗《かいとう》エリアンスの全《ぜん》システムと、ついでにロコをいただく！
怪盗《かいとう》エリアンス　参加怪盗《さんかかいとう》たち』

ジョーカーは不動《ふどう》に向《む》かって叫《さけ》んだ。

「オレたちの手《て》を借《か》りて作《つく》ったシステムなんだから、オレたちに返《かえ》してもらうぞ！　ついでにクイーンの大事《だいじ》な相棒《あいぼう》もな！」

「ふん！　このビルは高度《こうど》なセキュリティに守《まも》られています。怪盗《かいとう》エリアンスのシステムも、施設《しせつ》の一番深《いちばんふか》い場所《ばしょ》にある。あの犬《いぬ》のいる場所《ばしょ》へ簡単《かんたん》に行《い》けるわけがないでしょう！」

不動《ふどう》が得意気《とくいげ》に笑《わら》ったその時《とき》、部屋《へや》に通信《つうしん》が入《はい》った。

『不動警部《ふどうけいぶ》！　怪盗《かいとう》たちが建物内《たてものない》へ侵入《しんにゅう》しました！』

「なに!?」

不動《ふどう》はあわてて、通信《つうしん》に向《む》かって叫《さけ》ぶ。

「どういうことだ！　セキュリティは!?」

『わかりません！　怪盗《かいとう》の侵入口《しんにゅうぐち》となる場所《ばしょ》のセキュリティがことごとく停止《ていし》していまして……』

すると、不動《ふどう》の目《め》の前《まえ》に立《た》っていたジョーカーが、口笛《くちぶえ》をヒュイと吹《ふ》いた。

「あー、忘《わす》れてた。鬼山警部《おにやまけいぶ》って意外《いがい》に信用《しんよう》あるんだな。鬼山警部《おにやまけいぶ》の格好《かっこう》で管理室《かんりしつ》に入《はい》って、セキュリティを切《き》っておくなんて簡単《かんたん》だったぜ♪」

「なっ!?　ジョーカー、貴様《きさま》！」

不動《ふどう》は世《よ》にも恐《おそ》ろしい形相《ぎょうそう》で、ジョーカーをにらみつけた。

「おっと、怖《こえ》え怖《こえ》え。んじゃとっとと退散《たいさん》するかな。『ストレート・フラッシュ』！」

ジョーカーはカードをかかげて光《ひかり》を放《はな》ち、一瞬《いっしゅん》のうちに不動《ふどう》の目《め》をくらませる。

「くっ！」

不動《ふどう》の目《め》が元《もと》に戻《もど》った時《とき》、ジョーカーはその姿《すがた》を消《け》していた。

部屋《へや》の中央《ちゅうおう》のテーブルをドン！　と叩《たた》いて、不動《ふどう》はテーブルの下《した》からPC《ピーシー》を取《と》り出《だ》す。

その画面《がめん》には、怪盗《かいとう》エリアンスの5つ星《ぼし》のマークが映《うつ》っていた。

ようやく不動《ふどう》も平静《へいせい》を取《と》り戻《もど》したのか、笑《え》みを浮《う》かべ画面《がめん》を見《み》つめる。

「許《ゆる》しません……決《けっ》して逃《のが》しませんよ、怪盗《かいとう》どもっ！」


「キョキョキョキョ〜！」

ダークアイが叫《さけ》び声《ごえ》をあげて、低《ひく》い体勢《たいせい》から回《まわ》し蹴《げ》りを放《はな》った。目《め》にもとまらぬ速《はや》さで、パンチやキックをあびせながら警備員《けいびいん》たちの隙間《すきま》を駆《か》け抜《ぬ》けると、彼《かれ》らは何《なに》が起《お》きたのかわからないまま、バタバタと倒《たお》れてその動《うご》きを失《うしな》う。

「キョキョ〜♪」

ダークアイが誇《ほこ》らしげに叫《さけ》んだ背後《はいご》では、スペードが小型《こがた》の銃《じゅう》を構《かま》えていた。

「『アイスショット』！」

スペード形《がた》に開《あ》いた銃口《じゅうこう》から青白《あおじろ》い光《ひかり》が放《はな》たれた。スペードに向《む》かって走《はし》ってきた警備《けいび》員《いん》たちの足元《あしもと》に、光《ひかり》が当《あ》たったとたん、彼《かれ》らの足《あし》は凍《こお》りついたように動《うご》かなくなる。

いや、実際《じっさい》に『凍《こお》りついて』動《うご》かなくなった。

スペードのアイスショットは、光線《こうせん》を当《あ》てた対象《たいしょう》を凍《こお》らせることができる。それを使《つか》って、相手《あいて》の動《うご》きを止《と》めたり、空中《くうちゅう》に氷《こおり》の足場《あしば》を作《つく》り出《だ》したりと、いろいろな使《つか》い道《みち》がある。人《ひと》を傷《きず》つけずに動《うご》きを止《と》められるという効果《こうか》は、スペードにとってうってつけのものだった。

二人《ふたり》は階下《かいか》の大《おお》きな広間《ひろま》で戦《たたか》っていた。さすがに世界中《せかいじゅう》の警察《けいさつ》に通《つう》じている組織《そしき》だ。どこからともなく次々《つぎつぎ》に警備員《けいびいん》がやってくる。

戦《たたか》いながら、ダークアイはスペードにたずねた。

「キョキョ、ジョーカーが正体《しょうたい》をバラしたようですね」

「ああ。だから警備員《けいびいん》が追《お》いかけてきたんだ。安全《あんぜん》に入《はい》り込《こ》むなら、中《なか》の人間《にんげん》に変装《へんそう》するのが一番《いちばん》というわけさ」

スペードはアイスショットを放《はな》ちながら、冷静《れいせい》に返事《へんじ》をする。

「キヨキヨ、それにしてもジョーカーはいつ鬼山《おにやま》さんに変《か》わったのでしょう？」

「ロシアの研究所《けんきゅうじょ》だね。ストレート・フラッシュで姿《すがた》を消したように見《み》せかけて、本当《ほんとう》はイメージガムで鬼山《おにやま》に成《な》り変《か》わってたんだ。本物《ほんもの》の鬼山《おにやま》は研究所《けんきゅうじょ》の中《なか》にあったタンクに入《い》れ、お宝《たから》と一緒《いっしょ》に外《そと》へ運《はこ》び出《だ》したという」

「キヨキヨ、あの時《とき》ですか」

「ああ。クイーンに耳打《みみう》ちしたのは脱出口《だっしゅつぐち》を教《おし》えるためともう一《ひと》つ、自分《じぶん》が鬼山《おにやま》に変《か》わってここへ入《はい》り込《こ》むことだったんだ。だから僕《ぼく》らは冷静《れいせい》に外《そと》へ出《で》ていくことができた」

「キヨキヨ、クイーンさん、ロコさんを無事《ぶじ》に助《たす》け出《だ》せるといいですけどね……」

ダークアイは背後《はいご》にある小《ちい》さな扉《とびら》を見《み》つめる。先《さき》ほどクイーンが入《はい》っていった扉《とびら》だ。

「そのためにも、警備員《けいびいん》をここで足止《あしど》めしないとね。クイーンには金有邸《かねありてい》での借《か》りもある。僕《ぼく》らでここを死守《ししゅ》するんだ。ダークアイ」

「キヨキヨ、承知《しょうち》しております。スペード様《さま》！」

二人《ふたり》はまた迫《せま》り来《く》る警備員《けいびいん》たちに向《む》かっていった。

「えええいっ！」

クイーンが剣《けん》を大《おお》きく振《ふ》るうと、大《おお》きな扉《とびら》が左右《さゆう》に割《わ》れた。

スペードたちのいる広間《ひろま》から通路《つうろ》を走《はし》って、行《い》き止《ど》まりにあった扉《とびら》だ。

クイーンが飛《と》び込《こ》むと、中《なか》は薄暗《うすぐら》く広《ひろ》い部屋《へや》だった。空調《くうちょう》の音《おと》と単調《たんちょう》な機械《きかい》の起動音《きどうおん》が、重《かさ》なって聞《き》こえてくる。冷蔵庫《れいぞうこ》ほどの大《おお》きな黒《くろ》い箱型《はこがた》のコンピューターが整然《せいぜん》と並《なら》んでいた。ここは怪盗《かいとう》エリアンスシステムのサーバールームらしい。クイーンはサーバーの間《あいだ》の通路《つうろ》をわき目《め》もふらず駆《か》け抜《ぬ》けていく。

その一番奥《いちばんおく》に真《ま》っ白《しろ》な犬《いぬ》がいた。

後《うし》ろ足《あし》を鎖《くさり》につながれ、コンピューターに向《む》かわされている。

「ロコ！」

クイーンは駆《か》け寄《よ》ると、鎖《くさり》を剣《けん》で切《き》って足《あし》の不自由《ふじゆう》を解《と》き放《はな》った。

「クイーン！」

ロコは嬉《うれ》しそうにクイーンの胸《むね》に飛《と》びついてきた。クイーンはロコをかかえて、ぎゅーっと力《ちから》いっぱい抱《だ》きしめる。

「ロコ、助《たす》けに来《き》たわよ！」

「……会《あ》いたかったです、クイーン！」

「私《わたし》だって……！　すっごくすっごく心配《しんぱい》したんだから！」

クイーンは感情《かんじょう》が高《たか》ぶったのか、目《め》から涙《なみだ》をこぼし、さらに力《ちから》を込《こ》める。

「ロコ、ごめんなさい。そもそも私《わたし》がちゃんと部屋《へや》の片付《かたづ》けをしてたら、こんなことにはならなかったの……。これからはきちんとロコの言《い》うことを聞《き》くようにするから……！」

クイーンから言葉《ことば》があふれだす。今《いま》まで心《こころ》の奥《おく》に秘《ひ》められていた言葉《ことば》だったのか、クイーンは幼《おさな》い少女《しょうじょ》のように、涙声《なみだごえ》で言葉《ことば》をゆっくりとつなげていった。

「……いいんですよ、ボクが油断《ゆだん》しただけです。お世話《せわ》をしているのはいつものことですから。クイーンがそう思《おも》ってくれただけで、さらわれたかいがありました」

「もう！　そんなこと言《い》わないで！」

クイーンはまたロコを強《つよ》く抱《だ》きしめた。ロコは長《なが》い耳《みみ》でクイーンの頭《あたま》を優《やさ》しくなでる。

「ありがとう、クイーン……」

ゆっくりとクイーンを体《からだ》から離《はな》すと涙《なみだ》で赤《あか》くなっているクイーンの目《め》を、なるべく見《み》ないようにして、ロコはゆっくりと語《かた》りだした。

「ボクはここで、好物《こうぶつ》のトウモロコシはおろか、最低限《さいていげん》の食事《しょくじ》しか与《あた》えられず、怪盗《かいとう》エリアンスのプログラムの強化《きょうか》をさせられていたんです。今《いま》までのゲームプログラムだけでは、すべての監視《かんし》システムを管理《かんり》することができなかった。だからボクの力《ちから》が必要《ひつよう》だったみたいですね」

「そうだったのね……」

「ですから、それを逆《ぎゃく》に利用《りよう》してクイーンに特別《とくべつ》ポイントを与《あた》え、上位《じょうい》へ入《はい》るようにしたんです。そうすれば、ここへたどりつく可能性《かのうせい》が高《たか》まります」

「なるほどね。でも、だったらロコは怪盗《かいとう》エリアンスのシステムを把握《はあく》してるってこと？」

「ええ。ただここからシステムをコピーすることはできなくて……。しかもクイーンたちの個人《こじん》データを消《け》すことはできませんでした」

「どういうこと？」

「怪盗《かいとう》エリアンスのアプリは、強力《きょうりょく》なハッキング能力《のうりょく》を持《も》っているアプリです。ですからアプリが入《はい》っている端末《たんまつ》はいつでもこのシステムに監視《かんし》されていると言《い》っても過言《かごん》ではありません……」

『ハハハ！　そのとおりです！』

その時《とき》、スピーカーから不動《ふどう》の声《こえ》が響《ひび》いた。

『やってくれましたね、犬《いぬ》っころ！　たった今《いま》、お前《まえ》からシステムのアクセス権《けん》を奪《うば》いました！　その犬《いぬ》が言《い》うとおり、ジョーカー、スペード、クイーン、貴様《きさま》らの居場所《いばしょ》はすべて把握《はあく》しています。ここは国際怪盗対策機構《こくさいかいとうたいさくきこう》の本部《ほんぶ》です。高度《こうど》なセキュリティとともに、侵入者《しんにゅうしゃ》を始末《しまつ》する仕掛《しか》けもほどこしてあるのですよ！』

「なんですって……」

クイーンは、不快《ふかい》な声《こえ》を流《なが》しつづけるスピーカーをにらみつけた。

『覚悟《かくご》しなさい！　今《いま》からお前《まえ》たち3人《にん》の居場所《いばしょ》を、部屋《へや》ごと封鎖《ふうさ》してあげます！　まずはランキング1位《い》の、怪盗《かいとう》クイーン！』

その言葉《ことば》とともに、クイーンとロコの部屋《へや》の四方《しほう》に鉄格子《てつごうし》が落《お》ちた。

「くっ！」

近《ちか》づこうとするクイーンを「危《あぶ》ない！」とロコが止《と》める。

すんでのところでクイーンは足《あし》を止《と》めた。そのとたん、ビリリと青白《あおじろ》い光《ひかり》が鉄格子《てつごうし》に走《はし》った。どうやら強力《きょうりょく》な電気《でんき》が流《なが》れていたらしい。もう少《すこ》し遅《おそ》かったら、黒焦《くろこ》げになるところだ。

「ぐっ、閉《と》じ込《こ》められたわ……！」

スピーカーから、さらに声《こえ》がひびいた。

『それでは第《だい》2位《い》です！　怪盗《かいとう》スペード！』

不動《ふどう》の叫《さけ》び声《ごえ》とともに、スペードとダークアイのいる広間《ひろま》でも鉄格子《てつごうし》が落《お》ちた。無数《むすう》の警備員《けいびいん》たちが倒《たお》れているなかで、ダークアイが悲痛《ひつう》な声《こえ》をあげる。

「キヨキヨ、スペード様《さま》！」

「遅《おそ》かったか……」

スペードがくやしげに唇《くちびる》をかむと、さらにスピーカーから声《こえ》が聞《き》こえてきた。

『では最後《さいご》です！　ランキング第《だい》3位《い》の、怪盗《かいとう》ジョーカー！　お前《まえ》には特別《とくべつ》に、超特大《ちょうとくだい》の電気《でんき》ショックを直接《ちょくせつ》与《あた》えて差《さ》し上《あ》げましょう！』

「なんだって⁉」

「キョキョキョ⁉」

スペードとダークアイがあわてたように見上《みあ》げる。

『さあ、ジョーカー！　お前《まえ》は仏《ほとけ》の力《ちから》で滅《ほろ》びるのです！』

と不動《ふどう》が叫《さけ》んだ直後《ちょくご》、スピーカーから思《おも》わぬ声《こえ》が聞《き》こえた。

『ぐわああああああっ！』

その巨大《きょだい》な悲鳴《ひめい》は、不動仏滅本人《ふどうぶつめつほんにん》のものだった。


大《おお》きな悲鳴《ひめい》をあげて、不動仏滅《ふどうぶつめつ》はバタリと倒《たお》れた。

ここは先《さき》ほどの不動警部《ふどうけいぶ》の部屋《へや》だ。テーブルの上《うえ》には怪盗《かいとう》エリアンスのシステムを操作《そうさ》するためのPC《ピーシー》が置《お》かれている。

不動《ふどう》の背後《はいご》の壁《かべ》で、ウイーンと音《おと》がして電気《でんき》ショックを与《あた》えた装置《そうち》がゆっくりとその機能《きのう》を終《お》えて戻《もど》っていった。

「ど、どうして……私《わたし》が……」

不動《ふどう》が息《いき》も絶《た》え絶《だ》えでつぶやいく。

ジョーカーに特大電気《とくだいでんき》ショックを与《あた》えるよう、命令《めいれい》を下《くだ》したはずなのに、なぜか不動自《ふどうじ》身《しん》に攻撃《こうげき》が加《くわ》えられてしまった。

すると部屋《へや》の扉《とびら》がバタンと開《あ》き、倒《たお》れた不動《ふどう》の近《ちか》くへスタスタと歩《あゆ》み寄《よ》る足《あし》があった。

見覚《みおぼ》えのあるエナメルのピカピカの靴《くつ》——怪盗《かいとう》ジョーカーだ。

「ありゃ～？　どうしたんだ、不動仏滅《ふどうぶつめつ》。自分《じぶん》で自分《じぶん》を攻撃《こうげき》したりして～。オレはここだぜ？」

ジョーカーは得意気《とくいげ》に不動《ふどう》を見下《みお》ろす。

「ジョ、ジョーカー……貴様《きさま》、いったい何《なに》をしたんですか！　なぜ私《わたし》が……お前《まえ》の居場所《いばしょ》は端末《たんまつ》で把握《はあく》していたはずなのに……」

「端末《たんまつ》？」

それを聞《き》くと、ジョーカーはとぼけた様子《ようす》でポケットをさぐる。

「あれ～？　おっかしいなあ。オレの端末《たんまつ》、どこいったんだ？」

「なっ……」

「あ、そっか！　さっき鬼山《おにやま》のふりをしていた時《とき》に、ファイルに挟《はさ》んでお前《まえ》に渡《わた》したんだった！　そうそう、これも大事《だいじ》な証拠品《しょうこひん》だと思《おも》ったからさ〜」

ジョーカーはニヤッと笑《わら》って、不動《ふどう》の手元近《てもとちか》くにあるファイルを開《あ》けた。そこにはジョーカーの端末《たんまつ》がはさまれている。

「ぐっ……貴様《きさま》、私《わたし》がこうすることを見越《みこ》して……」

「へへ〜、こんな監視《かんし》システムを作《つく》ろうとしてるアンタが、アプリに細工《さいく》をしないわけはないからな。俺《おれ》たちの居場所《いばしょ》を監視《かんし》するのには、端末《たんまつ》を使《つか》うのが、一番《いちばん》だ。アンタはオレの端末《たんまつ》を持《も》っているのも気《き》づかず、自分《じぶん》を攻撃《こうげき》しちまったってことさ。自分《じぶん》が作《つく》ったシステムにやられるなんて、まさに痛快《つうかい》だね！」

「ぐぐっ……」

不動《ふどう》がすべてを察《さっ》し、ジョーカーをにらみつける。

「次《つぎ》から怪盗《かいとう》を捕《つか》まえたければ、自分《じぶん》たちの足《あし》で頑張《がんば》って追《お》いかけてこい！　鬼山警部《おにやまけいぶ》を見習《みなら》ってな！」

「ぐぬぬ……」

不動《ふどう》は悔《くや》しそうに、低《ひく》い声《こえ》でうなった。

ジョーカーは不動《ふどう》のPC《ピーシー》をカタカタと操作《そうさ》すると、手際《てぎわ》よくスペードとクイーンの鉄格《てつごう》子《し》を解除《かいじょ》し、懐《ふところ》からUSB《ユーエスビー》メモリを取《と》り出《だ》した。

それはかつて、ホッシーのタマゴから産《う》まれたものだった。

「ネコもどきは、こいつがお宝《たから》になるってことがわかってたみたいだな。んじゃさっそく……」

と、ジョーカーはUSB《ユーエスビー》メモリを差《さ》し込《こ》み、怪盗《かいとう》エリアンスのシステムをコピーする。

「さあ、これで怪盗《かいとう》エリアンスの全《ぜん》システムはいただいた！　そろそろお暇《いとま》するぜ！」

ジョーカーはそう叫《さけ》ぶと、窓《まど》に向《む》けてカードを放《はな》った。カードが爆発《ばくはつ》して、大《おお》きな窓《まど》が
パリン！　と砕《くだ》け散《ち》る。美《うつく》しいスイスの夜景《やけい》から、やわらかな風《かぜ》が吹《ふ》き込《こ》んだ。

ジョーカーは窓《まど》から飛《と》んで、空《そら》からぶら下《さ》がっているロープにぴょんと飛《と》びつく。

その上空《じょうくう》には星空《ほしぞら》のなか、スカイジョーカーがふんわりと浮《う》かんでいた。

「行《い》ってくれ、ハチ！」

『ハイッス！』

ハチの操縦《そうじゅう》するスカイジョーカーがゆっくりと上昇《じょうしょう》を始《はじ》めた。

「それでは、ごきげんよう！」

悔《くや》しげににらみつけている不動《ふどう》へとびっきりの笑顔《えがお》を向《む》けると、ジョーカーは夜空《よぞら》へ飛《と》び去《さ》っていった。

10 ゲームの優勝者《ゆうしょうしゃ》は？

リビングの大型《おおがた》テレビからＤＪ《ディージェイ》ピーコックの声《こえ》がひびいた。

『怪盗《かいとう》エリアンス、今回《こんかい》の優勝者《ゆうしょうしゃ》は……、大大大大逆転《だいだいだいだいぎゃくてん》の末《すえ》、怪盗《かいとう》ジョーカー！』

「なんだって〜っ！」

夜空《よぞら》を進《すす》むスカイジョーカーが横揺《よこゆ》れするような大声《おおごえ》をあげ、スペードはジョーカーをにらみつける。

「ジョーカー！　ズルしたわね！」

あわせてクイーンも怒《いか》りの形相《ぎょうそう》でジョーカーを振《ふ》り返《かえ》った。

ジョーカーは涼《すず》しい顔《かお》で、ソファでくつろいでいる。

「ズルなんてしてねーよ。怪盗《かいとう》エリアンスのデータを使《つか》って、特別《とくべつ》ポイントを怪盗《かいとう》ジョーカーあてに送《おく》っただけさ」

今《いま》は国際怪盗対策機構《こくさいかいとうたいさくきこう》からの帰《かえ》り道《みち》だ。ジョーカーたちはスカイジョーカーのリビングで、勝利《しょうり》の美酒《びしゅ》……ならぬ、勝利《しょうり》のジュースを楽《たの》しんでいた。ジョーカーたち3人《にん》が言《い》い争《あらそ》っているのを、ハチとダークアイ、ロコがのんびり見《み》ている。

「それをズルって言《い》うんだ！」

「ズルじゃねーよ！　怪盗《かいとう》エリアンス本体《ほんたい》をいただいたんだから、一番《いちばん》ポイントをもらって当然《とうぜん》だろ！」

「怪盗《かいとう》エリアンスのターゲットになってないでしょ！」

いつの間《ま》にかクイーンも、怪盗《かいとう》エリアンスで優勝《ゆうしょう》したい気持《きも》ちを抱《だ》いていたらしい。

すると、テレビのなかのDJ《ディージェイ》ピーコックが困《こま》ったように話《はな》し始《はじ》めた。

『えー、ですが、怪盗《かいとう》エリアンスにつきまして、ポイント数《すう》では怪盗《かいとう》ジョーカーの優勝《ゆうしょう》が決定《けってい》したものの、運営者《うんえいしゃ》と連絡《れんらく》がつかなくなっている状況《じょうきょう》です。ですので、優勝者《ゆうしょうしゃ》に贈《おく》られる予定《よてい》でした〝世界《せかい》ナンバーワン怪盗《かいとう》〟の称号《しょうごう》はナシ、ということに……』

「はあ!?　なんだってーーっ!?」

今度《こんど》はジョーカーがスカイジョーカーを揺《ゆ》らすほどの大声《おおごえ》をあげて、テレビに飛《と》びつく。

「オレが優勝《ゆうしょう》なんだから、オレがナンバーワンだろ！」

『う〜ん、運営者《うんえいしゃ》と連絡《れんらく》がつきませんとこればっかりは仕方《しかた》ないですね……』

DJ《ディージェイ》ピーコックがため息《いき》をついてつぶやいている一方《いっぽう》で、ジョーカーはバッと怒《いか》りの形相《ぎょうそう》で振《ふ》り返《かえ》った。

「ああ、わかったよ！　だったらオレが今《いま》から運営者本人《うんえいしゃほんにん》になって、オレ自身《じしん》に〝世界《せかい》ナンバーワン〝怪盗《かいとう》〟の称号《しょうごう》を与《あた》えてやる！」

とジョーカーがテーブルの上《うえ》を見《み》ると、そこにあったはずの、怪盗《かいとう》エリアンスシステムが入《はい》ったUSB《ユーエスビー》メモリがなくなっていた。

「ありゃ？　ここに置《お》いておいたのに……どこだ！」

「知《し》らないっスよ」

「やべーぞ。あれには世界中《せかいじゅう》の悪党《あくとう》たちのお宝情報《たからじょうほう》だけじゃなくて、オレたちの居場所《いばしょ》のデータまで入《はい》ってるんだ！　あれがなくなっちまったら……」

ジョーカーがあわてて見回《みまわ》したその時《とき》、信《しん》じられない姿《すがた》が目《め》に入《はい》った。

テーブルの上《うえ》で、ホッシーが嬉《うれ》しそうにモグモグと口《くち》を動《うご》かしていたのだ。

「ああああああっ！　ネコもどき！　お前《まえ》、USB《ユーエスビー》メモリを食《た》べやがったな！」

するととなりでハチがポンと手《て》を打《う》つ。

「そっか！　怪盗《かいとう》エリアンスのシステムがなかに記録《きろく》されたから、空《から》のUSB《ユーエスビー》メモリが、『お宝《たから》』に変《か》わったんスね！」

「ホッシー♪」

「んなことどーだっていい！　オレたちが苦労《くろう》したお宝《たから》を〜！」

ホッシーは『お宝《たから》』をゴクリと飲《の》み込《こ》むと「ホッ！　ホ、ホ、ホ、ホ……」と目《め》を白《しろ》くする。タマゴを産《う》む合図《あいず》だ。その直後《ちょくご》、「ホッシー!!」と叫《さけ》び声《ごえ》をあげて、ホッシーはタマゴを産《う》み落《お》とした。タマゴの中《なか》から、出《で》てきたのは、クラッカーや色《いろ》あざやかな風船《ふうせん》、ビンゴセットやミラーボールなど、いわゆるパーティグッズだった。

「なんだよこれ！」

「これがこれから、何《なに》かの役《やく》に立《た》つってこと？」

「どういうことだろう……？」

とクイーンとスペードが首《くび》をひねったその時《とき》、スピーカーから怒鳴《どな》り声《ごえ》が聞《き》こえた。

『怪盗《かいとう》ジョーカー――っ！』

「なっ!?」

『見《み》つけたぞ！　スペードやクイーンも一緒《いっしょ》に激逮捕《げきたいほ》だ――っ！』

ジョーカーたちが窓《まど》に駆《か》け寄《よ》って後方《こうほう》を見《み》ると、小《ちい》さな飛行機《ひこうき》が浮《う》かんでいた。その機《き》体《たい》には「桜《さくら》の代紋《だいもん》」がプリントされ、漢字《かんじ》で『警視庁《けいしちょう》』と書《か》かれている。

「警察《けいさつ》の飛行機《ひこうき》!? 鬼山警部《おにやまけいぶ》か！」

『ジョーカー、よくもワシに化《ば》けてくれたな！』

『だましやがって！』

『ぜんぜん気《き》づかなかったよ！』

鬼山《おにやま》につづいて、ギンコとモモの叫《さけ》び声《ごえ》も聞《き》こえてくる。

『ジョーカー！ 不動警部《ふどうけいぶ》の企《たくら》みを暴《あば》いたことは褒《ほ》めてやろう！ だが、おかげでワシの出世《しゅっせ》もパーだ！ よくもよくも許《ゆる》さんぞ！』

「そりゃ逆恨《さかうら》みだろ！」

ジョーカーは思《おも》わず答《こた》えるが、鬼山《おにやま》の怒号《どごう》は止《と》まらない。

『かくなるうえは、貴様《きさま》を激絶対《げきぜったい》に捕《つか》まえてやる！ ギンコちゃんの操縦技術《そうじゅうぎじゅつ》を甘《あま》く見《み》るなよ！ 地《ち》の果《は》てまでも追《お》いかけてやるのだ！』

『ぜってー逃《のが》さないからな！』

『覚悟《かくご》してよー！』

ギンコとモモの声《こえ》も、いつも以上《いじょう》に力《ちから》が入《はい》っているように聞《き》こえる。

「冗談《じょうだん》じゃねえ！　スペード、クイーン、分《わ》かれて逃《に》げるぞ！」

「そうすることにしよう」

「まかせといて！」

スペードとクイーンが同時《どうじ》に返事《へんじ》をする。

『もし、スペードとクイーンが分《わ》かれて逃《に》げようとしてもムダだぞ！　我《われ》ら警察《けいさつ》のドローン追跡機《ついせきき》が、貴様《きさま》らの端末《たんまつ》に入《はい》っている怪盗《かいとう》エリアンスのアプリを捕捉《ほそく》し、いつまでも激《げき》、追《お》いかけてやる！』

鬼山《おにやま》の言葉《ことば》にスペードとクイーンが悲鳴《ひめい》をあげた。

「なんだって!?」

「ジョーカーさん、あのシステム残《のこ》してきちゃったんスか!?」

「あ、消《け》し忘《わす》れちった……。警察《けいさつ》に残《のこ》ってるなら、怪盗《かいとう》エリアンスのシステムも、オレたちの端末《たんまつ》も使《つか》い物《もの》にならないな……」

「もう！　何《なに》してンのよ！」

クイーンが責《せ》め立《た》てる。一方《いっぽう》でスペードは、小《ちい》さく息《いき》をついた。

「こうなったら一蓮托生《いちれんたくしょう》だ。ジョーカー、このスカイジョーカーで逃《に》げられるところまで逃《に》げるぞ！」

「ああ、望《のぞ》むところだ！」

「仕方《しかた》ないわね。ロコ、スカイジョーカーの操縦《そうじゅう》をお願《ねが》い！」

「了解《りょうかい》です！」

「ダークアイ、援助《えんじょ》を頼《たの》む！」

「キョキョ、承知《しょうち》いたしました！」

ロコとダークアイは操縦席《そうじゅうせき》に向《む》かって走《はし》っていく。

「んじゃ、俺《おれ》たちは鬼山警部《おにやまけいぶ》たちを待《ま》ち受《う》けるぞ！」

「ハイッス！」

3人《にん》とハチ、ホッシーはテラスへ走《はし》り出《で》ていく。行《い》きすがら、ハチが何《なに》かに気《き》づいた。

「なるほど！ジョーカーさんたちが一緒《いっしょ》に戦《たたか》うことがわかってたから、ホッシーは戦《たたか》いが終《お》わったあとのために、パーティグッズを出《だ》したんスね！」

「ホッシー♪」

「つたく……、気《き》が早《はや》いネコもどきだな」

ジョーカーはあきれるようにつぶやくと、テラスから後方《こうほう》の夜空《よぞら》を見《み》つめた。

スカイジョーカーはいつの間《ま》にか雲《くも》の上《うえ》に出《で》ていたようだ。星空《ほしぞら》が輝《かがや》くなか、鬼山《おにやま》の飛《ひ》行機《こうき》を中心《ちゅうしん》にして、大量《たいりょう》のドローン追跡機《ついせきき》がこちらへ向《む》かっているのが見《み》える。

「わわ、たくさん来《き》たっス！」

「ホッシー！」

「問題《もんだい》ないさ。僕《ぼく》らの腕《うで》ならね」

あわてるハチの隣《となり》でスペードは冷静沈着《れいせいちんちゃく》につぶやき、アイスショットを取《と》り出《だ》した。

「そうね、一《ひと》つずつやっつけましょう」

クイーンはダイヤモンドの剣《けん》を構《かま》える。

「んじゃ、かるーくやってやろうぜ！〝世界《せかい》ナンバーワン怪盗《かいとう》〟のオレが相手《あいて》になってやる！」

カードを構《かま》えたジョーカーが、テラスに立《た》ちはだかった。

「とっとと片付《かたづ》けて、パーティーだっ！」

ジョーカーの言葉《ことば》とともにスカイジョーカーのスピードが上《あ》がる。

その行《ゆ》く手《て》の夜空《よぞら》には、パーティーの前祝《まえいわ》いのように、数多《かずおお》くの星《ほし》がまたたき、大《おお》きな満月《まんげつ》が光《ひか》っている。

月《つき》の光《ひかり》に反射《はんしゃ》して、ジョーカーの瞳《ひとみ》がキラリと輝《かがや》いた——。

おわり

★小学館ジュニア文庫★ ワクワク、ドキドキがいっぱいのラインナップ

〈話題の映画&アニメノベライズシリーズ〉

アイドル×戦士 ミラクルちゅーんず！
あさひなぐ
兄に愛されすぎて困ってます
海街diary
映画くまのがっこう パティシエ・ジャッキーとおひさまのスイーツ

映画プリパラ み～んなのあこがれ♪ レッツゴー☆プリパリ
映画妖怪ウォッチ 空飛ぶクジラとダブル世界の大冒険だニャン！
おまかせ！みらくるキャット団 ～マミタス、みらくるするのナ～
怪盗グルーのミニオン大脱走

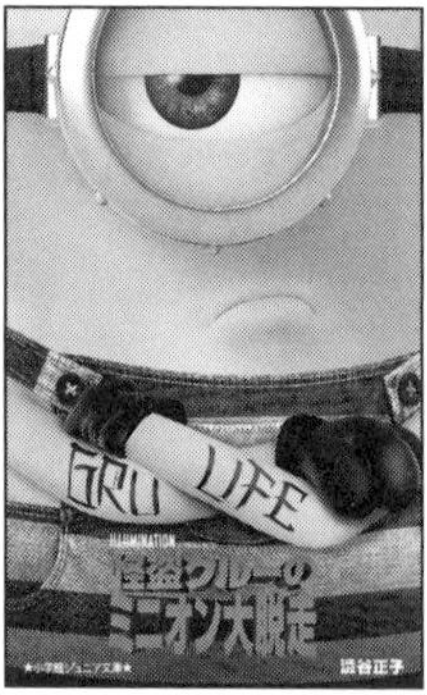

怪盗ジョーカー 開幕！怪盗ダーツの挑戦!!
怪盗ジョーカー 追憶のダイヤモンド・メモリー
怪盗ジョーカー 闇夜の対決！ジョーカーvsシャドウ
怪盗ジョーカー 銀のマントが燃える夜
怪盗ジョーカー ハチの記憶を取り戻せ！
境界のRINNE 謎のクラスメート
境界のRINNE 友だちからで良ければ
境界のRINNE ようこそ地獄へ！
くちびるに歌を
劇場版アイカツ！
劇場版ポケットモンスター キミにきめた！

心が叫びたがってるんだ。

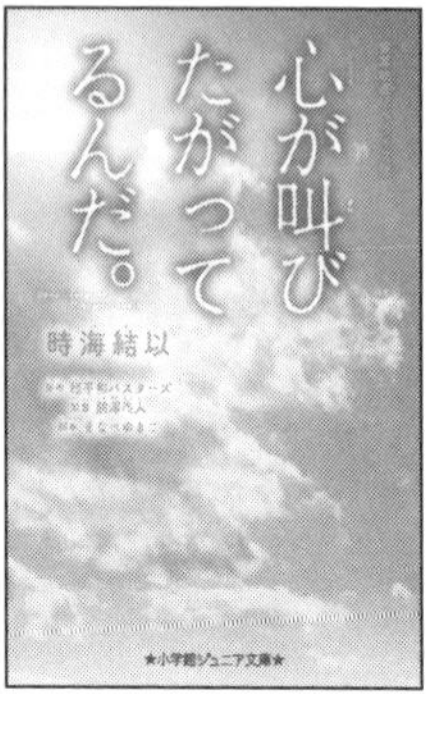

貞子vs伽椰子
真田十勇士
ザ・マミー 呪われた砂漠の王女

次はどれにする？ おもしろくて楽しい新刊が、続々登場!!

SING シング

シンドバッド 空とぶ姫と秘密の島
シンドバッド 真昼の夜とふしぎの門
呪怨—ザ・ファイナル—
呪怨—終わりの始まり—
スナックワールド

トムとジェリー シャーロック ホームズ
二度めの夏、二度と会えない君

バットマンVSスーパーマン エピソード0 クロスファイヤー
ペット
ポケモン・ザ・ムービーXY 破壊の繭とディアンシー
ポケモン・ザ・ムービーXY 光輪の超魔神フーパ
ポケモン・ザ・ムービーXY&Z ボルケニオンと機巧のマギアナ
ポッピンQ
まじっく快斗1412 全6巻
ミニオンズ

〈この人の人生に感動！ 人物伝〉

井伊直虎 ～民を守った女城主～
杉原千畝
ルイ・ブライユ 暗闇に光を灯した十五歳の点字発明者

Shogakukan Junior Bunko

★小学館ジュニア文庫★
怪盗ジョーカー 解決！ 世界怪盗ゲームへようこそ!!

2017年10月 2 日 初版第 1 刷発行

著者／福島直浩
原作／たかはしひでやす
監修／佐藤 大・寺本幸代
カバーイラスト／しもがさ美穂
挿画／陽橋エント

発行者／立川義剛
編集人／吉田憲生
編集／伊藤 澄

発行所／株式会社 小学館
〒101-8001 東京都千代田区一ツ橋２－３－１
電話 編集 03-3230-5105
販売 03-5281-3555

印刷・製本／中央精版印刷株式会社

デザイン／土屋哲人（DUOTONE）

★造本には十分注意しておりますが、印刷、製本など製造上の不備がございましたら、「制作局コールセンター」(フリーダイヤル0120-336-340) にご連絡ください。
(電話受付は土・日・祝休日を除く9:30～17:30)

Printed in Japan ISBN 978-4-09-231194-7